ALPHAPOLIS
WEB CITY SINCE 2000

# 魔法学校の落ちこぼれ 5

A L P H A L I G H T

梨香
Rika



アルファライト文庫

主な登場人物
Main Characters
ウィニー
伝説の魔法使いアシュレイが遺した
卵から生まれた風の魔竜。
フィンに育てられる。
ルーベンス
シラス王国唯一の上級魔法使い。
普段は魔法学校を見下ろす塔で
暮らし、たまに吟遊詩人に扮して
各地を放浪する。
フィン
本編の主人公。
辺境の貧しい農村に住むチビ少年。
魔法学校で少しずつ才能を
開花させる。
フローレンス
ルーベンスの一族の娘で、
魔法学校初等科の生徒。
フィンに思いを寄せている。

ゲーリック
カザフ王国の怪しい魔法使い。
禁じられた呪に手を出す。
ハンナ
サリン王国で女中をしている少女。
フィンとともにある屋敷で働く。
チャールズ
サリン王国の王子でミランダの婚約者。
陰謀に巻き込まれ幽閉されてしまう。
ミランダ
カザフ王国の姫。
婚約者のチャールズを救うため、
フィンに助けを求める。

# 一　雛竜育ては大変だぁ

シラス王国の北東にあるカリン村の森の奥に、一本の桜の木が生えている。

その根元には偉大な魔法使いアシュレイが眠っており、春になると彼の亡骸から吸い上げられた魔力が、開花とともに放出される。

今年も満開になったその桜の下で、新たに三頭の竜が孵った。

火の竜、フレアー。水の竜、アクアー。風の竜、ゼファーだ。

その竜達を、五人の少年が見つめていた。

カリン村出身で、アシュレイ魔法学校中等科一年生のフィンと、その同級生であるパック、ラッセル、ラルフ。そして高等科三年生のファビアンだ。

孵ったばかりの三頭の雛竜は羽根も伸びておらず皺くちゃで、よたよた歩く姿ははっきり言ってみっともない。

しかし、「可愛いよなあ」とその場にいる全員が夢中だった。

「グラウニーが孵った時も、これぐらい小さかったな」

　いつも冷静なファビアンでさえ、一年前のグラウニーを思い出して感動している。

「三頭ともうんちが終わったなら、そろそろサリヴァンへ帰ろう！」

　チビ竜をずっと眺めていたいが、フィンは少しでも早く発とうと急かす。

「そうだな。グラウニーは長距離飛行に慣れていないし、二人乗りさせるのも初めてだから時間がかかるだろう。さあ急ごう！」

　ファビアンとフィンに急かされて、新たに生まれた竜のパートナーとなるパック達は、慣れない手つきで雛竜をバスケットの中に入れて立ち上がった。

　金色の光を漂わせる桜の木に、フィンは「また来るよ」と挨拶をして、ウィニーとグラウニーが待つ森の外の空き地へ向かう。

『あっ！　孵ったんだね！』

『チビ竜を見せて！』

　木が密集している森の中には行けなかった風の竜ウィニーと土の竜グラウニーに、バスケットの蓋を開けて見せてやる。

『グラウニーと同じだね』

　一年先輩のウィニーに言われて、グラウニーは自分も一年前はこんなに小さかったのかと驚く。

『ウィニーも同じぐらい小さかったよ』

フィンに言われて、ウィニーは昔を思い出す。

『そうか……そう言えば、フィンの肩に乗っていたんだよね。今じゃ無理だもん。でも、今はフィンを乗せて飛べるから良いや！』

フィンもチビ竜だった頃のウィニーの可愛さを思い出したが、一緒に空を飛べる爽快感に優るものはないと笑う。

『じゃあ三人で乗るから、疲れたら言うんだよ』

長距離飛行に慣れていないグラウニーには、パートナーであるファビアンとラッセル。三人乗るウィニーには、体重の軽いフィン、ラルフ、パックが乗った。

『さぁ、サリヴァンへ！』

ウィニーとグラウニーは、いつもより多い人数を乗せていたが、何事もなく空へ舞い上がった。

『ウィニー、大丈夫かい？』

三人を乗せての長距離飛行は初めてだ。ウィニーが疲れていないか、フィンは心配する。

『平気だよ！　それより、雛達が寝ているうちに、距離を稼ごう！』

卵から孵ったばかりの雛竜は、目を覚ますとぴぃぴぃ餌をねだるのだ。その度に、降りて餌をやらなくてはいけない。

グラウニーも長距離飛行に慣れていないので、なるべく早くサリヴァンに着きたいところだが、三頭も雛竜がいると、なかなか思うようにはいかない。

ウィニーには、パックとラルフが乗っているのだが、もちろん二人はパートナーであるゼファーとフレアーのバスケットも抱えている。

どちらかが空腹を訴えて鳴き出すと、片方も起きて餌を欲しがるので、ちょっと飛んだと思うと、降りて餌やりタイムだ。

「ねぇ！　ゼファーがお腹空いたと鳴いているんだ」

ウィニーに合わせてグラウニーも降りると、二頭の雛竜につられたようにアクアーも空腹を訴える。

フィンはパック達三人が餌をやるのを観察して、何かを考え込んでいる。

「フィン！　ちょっと見てないで、手伝ってよ！」

指ごと食べそうな勢いのゼファーに餌をやっているパックが、呑気に見ているのを咎めるが、フィンはそれに構わず「なるほど！」と、手を叩いた。

「今回は、ゼファーがお腹を空かせて目を覚ましたんだよ！　フレアーとアクアーは、ゼファーの鳴き声で起きたから、本当にお腹が空いている訳じゃない。ついでに餌を食べているだけなんだね」

グラウニーのパートナーで、今回の手助けをしに付いて来てくれたファビアンが、納得して頷いているが、それがわかったからといって旅が楽になる訳ではなかった。

「私には双子の従兄弟がいるんだ。赤ちゃんの時は大変だったと叔母さんが愚痴っていたのを、今は理解できるよ」

ラルフは、フラフラになって呟く。彼は長距離飛行に慣れていないし、ラッセルやパックより体力がないのだ。フィンは、ラルフに休憩しておくように言って餌やりを代わる。ファビアンも、ラッセルやパックと交代して餌やりをし、どうにか夕方にはサリヴァンに着いた。

「ウィニー、グラウニー！　大丈夫かい？　わぁ、雛竜だな！」

魔法学校の竜舎では、竜の飼育係のバースが、ウィニーとグラウニーを心配して待っていた。フィン達はバスケットの中の雛竜を彼にチラリと見せた後、早速ヘンドリック校長と師匠ルーベンスに報告をしに行く。

「ほう、水の竜はアクアー、火の竜はフレアー、風の竜はゼファーか。相変わらず、単純なネーミングだなぁ」

フィンの師匠でシラス王国を守護する魔法使い――ルーベンスもわざわざ塔から校長室まで出向いてきた。

雛竜が見たくて仕方ないくせに、ルーベンスはクールな態度を崩さない。そのへそ曲がりっぷりに、フィンは苦笑した。

ヘンドリック校長は、床に跪いて熱心に雛竜を眺める。

「あのアシュレイが竜から授かった卵が、またも孵るとは！」

ヘンドリック校長の大仰な物言いで、ルーベンスは彼がフィンとアシュレイの血の繋がりに気づいていることを察した。

だから校長がその話題に触れる前に、フィン達をさっさと寮に帰らせようとする。ここにいるメンバーは全員秘密を知っているが、大っぴらに話すべきことではないとルーベンスは考えているのだ。

「ほら、そろそろ夕食の時間だ。マイヤー夫人に雛の餌の手配を丁重に頼むのだぞ」

もちろん、ここにいる五人ともマイヤー夫人に無礼な真似をする気はない。夕食に遅れてはいけないと、バスケットを抱えて寮に向かった。

「私が校長を務めている間に、あのアシュレイの竜の卵が全て孵るとは！　やはり、フィンが……」

そこでルーベンスに睨みつけられ、ヘンドリック校長は口を閉じた。

しかし、校長が黙っていたからといって、その事実が広まらない訳ではない。魔法学校の他の教授達も気づいているのだ。

ウィニーの時は気づかない者もいたが、グラウニーもカリン村で孵った時から、ほとんどの者がもしやと考えていた。今回でダメ押しになるだろう。

「なるべく秘密を守ってやりたい」

ルーベンスは渋い顔でそう呟いた。

あの傲慢な大魔法使いが、弟子の心配をしていることにヘンドリック校長は感心したが、これぱかりは無理だろうと、立ち去るフィン達の背中を見送った。

フィン達は、校長室を出てまず寮母のマイヤー夫人に新しい竜を紹介した。

「まぁ、可愛いこと！　雛竜のうちは寮に置いて良いですよ」

三頭も逆らってはいけない相手だと察知したのか、お行儀よくぴすぴす鳴く。

「このままバスケットを持って階段を上がったら、大騒動になっちゃうよね。移動魔法で部屋に送るよ」

ファビアンは、冬の間にフィンがそんなことをできるようになるまで魔法の腕を上達させたのに驚きつつも、ラッセル達にアドバイスをする。

「これから二週間は、夜中も餌を欲しがって大変だと思うよ。でも、その分絆も深まるから、頑張ってくれたまえ」

そして、自治会長の仕事があるので、と言ってファビアンは立ち去った。これから巻き起こる竜フィーバーに対処するため、自治会のメンバーと話し合うのだ。

「俺も手伝うよ！　大丈夫、ファビアンでもグラウニーを育てられたんだから」

フィンはそう言うと、まずはラッセルの部屋にバスケットを三つとも送り、交代で竜の面倒を見ながら、夕食を食べることにした。

やっと四人全員が夕食を済ませて一息ついていると、シラス王国の王子で竜好きのアンドリューが、ノックと同時に入ってきた。

「ラッセル、竜の卵を……えっ！　三頭とも孵ったの⁉」

「アンドリュー！　部屋に入って！」

フィンは、ついでに後ろにいる学友のユリアンも部屋に引き入れる。廊下では早くも生徒達が「雛竜が孵ったのか？」と色めき立ち、騒ぎになり始めている。

早速三頭の雛竜に夢中になっているアンドリューが恨めしいが、いつまでも秘密にできるものではない。これも運命だ。

「あのう？　土日にどこへ行かれていたのですか？」

ユリアンの冷静な質問にすらラッセルは頭が痛くなる。これから二週間、三人は他生徒からの質問攻めに遭いながら、雛竜の面倒を見なければならない。

ラッセルの悪い予感は的中し、三人はフィンとファビアン同様に、竜フィーバーを経験することになった。

しかし、今までとは違い、協力者も増えた。

フィンはもちろんだが、アンドリューやユリアン、他の同級生達も手伝ってくれて、どうにか地獄のような二週間は過ぎた。

「夜中に眠れるって、こんなに幸せなことだったんだね」

竜が来てから初めて朝まで眠れた、と廊下を歩きながらパックは喜ぶ。ラルフのフレアーは、割りと食いだめしてくれるので、早いうちに夜中に起きなくなった。しかし、ラッセルは一人浮かぬ顔だ。

「アクアーは、まだ夜中に二回も起きるんだ」

もはや級長の仕事どころではない状態だ。これも雛竜の個性なのかなと、フィンは少し首を傾げた。

## 二　水の竜アクアー

(まだラッセルは夜中の餌やりをしているんだね)

授業中に居眠りしているラッセルなんて、フィン達は初めて見る。

先生も、ラッセルがうとうとしているのに気づいたが、雛竜を育てている事情を承知しているし、優等生なので注意せずに見逃している。

授業が終わると同時に、ラッセルはハッと目を覚まし、アクアーに餌をやらなきゃと言ってふらふらと立ち上がった。

「餌は俺がやっておくから、ラッセルは寝た方が良いよ」

真面目なラッセルだが、体力の限界がきていたので、フィンの提案をありがたく受け入れる。

フィンがラッセルの部屋でアクアーに餌をやっていると、アンドリューがやって来た。

「アクアーは、水の魔法体系の竜なんだよねぇ」

アンドリューが、フィンに代わってアクアーに餌をやりながら何気なく呟いた。

その言葉でフィンは閃いた。実は、アクアーはフレアーやゼファーよりも餌を食べる量が少ない。その解決策を思いついたのだ。

フィンはアンドリューに餌やりを任せて部屋を飛び出し、急いでマイヤー夫人の部屋へ向かう。

「マイヤー夫人、何か魚はありませんか？　アクアーにやってみたいのです」

ウィニーも海で泳いだ時に、獲った魚を投げてやると食べていた。水の魔法体系だからといって、魚が好きだとは限らないが、試す価値はある。

マイヤー夫人の手配で食堂から魚の切り身をもらったフィンは、部屋に戻ると早速アクアーの前に差し出した。

『ほら、アクアー、食べてごらん』

竜が魚を食べるのかな？　と疑問に思うアンドリューをよそに、アクアーは『おいしい！』と、今までの倍のスピードで口に入れる。

「アンドリュー、魚をあげといて！　ちょっと試してみたいことがあるんだ」

餌の他にも何か思いついた様子のフィンに、アンドリューは興味津々だ。餌をやりながらフィンの挙動に注目する。

「床がびしょ濡れになったら困るよね。この絨毯は、ラッセルが家から持ってきた物だろうし……」

フィンがそう言った途端、床に敷いてあった絨毯がくるくると巻き上がり、壁に丸まって立て掛けられる。

「家具の下に敷いてあったのに、どうやったの？　痛い！　アクアー！」

驚きのあまり手を止めたアンドリュー。アクアーはその指を容赦なく啄んでいた。

「ええっと、暖炉の前が良いかなぁ。確か、お風呂場のタイルが地下に置いてあったよね」

フィンはアンドリュー達のてんやわんやには全く構わず、思考を巡らすことに集中する。

この辺にあったはず、とブツブツ呟いているうちに、タイルが暖炉の前に現れペタペタペタと敷き詰められていった。

『そろそろお腹いっぱいかい？』

食べるスピードが落ちたアクアーを、アンドリューは慣れた手つきで暖炉の灰の上に置く。フィンは、王子様が竜の糞の始末をしているというのに、まだ色々と魔法で作業中だ。

「盥はこれで良いとして、綺麗な水を確保しなくちゃね」

冬の間、バルト王国からの留学生、アイーシャと水の魔法陣の研究をしたフィンは、水が自動で湧き出るように、壁に魔法陣を描く。

そして排水の魔法陣を掛けるのも忘れない。

「寮を水浸しにしたら、マイヤー夫人に天罰を与えられちゃうから、慎重にしなきゃ！」

バルト王国の宿でやった時より苦労したが、どうにかやり遂げた。

後は、ラッセルが簡単に使えるように、注ぎ口と排水の栓を付けるだけだ。風呂桶の栓と、ワインの樽に付いた注ぎ口を一つずつ移動魔法で取り寄せて、壁の魔法陣にくっつける。

「盥に穴を空けたら、マイヤー夫人に叱られるかな？」

アンドリューは、ここまで部屋を改造しておいて今更そんなことを気にするフィンに、突っ込みたくなったが、今は滅多に見られない魔法が次々と使われているので、黙って見学する。

「まぁ、叱られたら、その時は謝ろう！」

一人納得したフィンは、盥に穴を空け、風呂桶の栓をギュッと押し込むと、底に排水の魔法陣を引っ付ける。

「これで、大丈夫なはず……やってみよう！」

大丈夫なのか？　と不安に思うアンドリューの視線の先で、フィンは注ぎ口の取手を横に倒す。

すると、水が盥に満ち始めた。

『くるるっぴ！』

アクアーが水を見て、アンドリューの手の中で暴れる。

「アクアーを盥に置いてやって！」

「こんなに小さいのに大丈夫かな？　溺れたりしない？」

アンドリューは、心配そうにアクアーを水の入った盥の中に入れる。

アクアーは気持ち良さそうに、ぱしゃぱしゃと羽根で水を撒き散らす。

「わぁ〜！　部屋を水浸しにしたら、ラッセルに叱られるよ！　アンドリュー、少し下がってて」

フィンは慌ててタイルに手をつけて、腰の高さぐらいの防衛魔法を掛ける。

アンドリューは、水がタイルの外に飛ばなくなったのを見て、心底驚いた。

「これって防衛魔法だよね！　フィンは、本当に上級魔法使いになるんだなぁ」

「なれたらね……まだまだ習わないといけないことが山ほどあるんだ」

中等科になって魔法の修業が本格化したフィンは、猛スピードで知識や技術を習得している最中だ。先はまだ長い。

そして、魔法の技を習うだけが、上級魔法使いの修業ではないと気づき始めてもいる。

『もう、そろそろ良いだろう？』

雛竜は、食べてはウンチして寝るのが仕事だ。他の雛竜は、その合間にボールや紐で遊んだりするのだが、アクアーは水遊びがその代わりになるらしい。ひとしきり遊んだアクアーを、フィンはタオルで拭いてやる。

「アクアーは、やっぱり泳ぐのが上手だね」

「そうだね。ウィニーもグラウニーもなかなか泳げなかったけど、アクアーははじめから泳げたね。さすが水の竜だ」

バスケットに丸まってもう眠っているアクアーの手足には、水掻きがついている。

「それならフレアーは火で遊ぶのかな？　寮が焼けたら困るよ」

アンドリューの言葉に、フィンも同意して眉を顰める。

「ラルフに注意するように言っておくよ。ウィニーが風の魔法を使って空を飛べるようになったのは、二ヶ月ぐらいしてからだったからまだ心配ないとは思うけど……いや、兎に角、注意はしておこう！」

竜の世話で、三時間目に大幅に遅刻した二人は、走らずに急ぐ。寮の廊下を走ると、マイヤー夫人の天罰が下るからだ。こうして、魔法学校の生徒達は行儀良くなっていく。

## 三 フローレンスの戸惑い

小さな雛竜が三頭、食堂でアイーシャやルーシーと遊んでいる。

男子も女子も、お互いの寮には一歩も足を踏み入れることができないので、アイーシャは授業で会ったラッセルやパックに頼み、共有スペースの食堂まで雛竜を連れて来てもらったのだ。

「フローレンスも一緒に雛竜と遊びましょうよ」

ルーシーは、兄のパックの雛竜ゼファーと遊んでいたが、フローレンスが食堂の前を通りかかったのを見て声を掛ける。

「ほら、可愛いわよ！」

アイーシャが抱き上げたフレアーは、確かに可愛いし、興味深い。

しかし、フローレンスにはなるべく中等科の生徒達に近づきたくない事情があるのだ。

少し見渡して、フィンの姿がないのを確認してから、合流した。

『可愛いわねぇ！』

フローレンスは、膝の上で寛ぐアクアーを撫でて、うっとりとする。伝説の存在だった竜を、自分が抱っこしているのだ。

「やぁ、食堂にいたんだね！」

昼からの魔法学の授業が長引いたフィンが寮に帰って来て、三頭の雛竜達を見ようと近づいてきた。

「あっ、私は宿題をしなくちゃぁ」

フローレンスは、膝の上のアクアーをラッセルに返すと、そそくさと女子寮へ向かう。

冬休みに実家に帰った彼女は、一族の長であるマーベリック伯爵に「一族が栄えるために、早く将来有望なフィンを籠絡するように」と圧力を加えられた。

それからというもの、伯爵の思惑とは裏腹にフィンを避けているのである。

（色仕掛けなんてできないわ！）

早足で去っていくフローレンスを見て、フィンは心が騒ぐ。

（えっ？　今のって、俺が来たから？）

同級生のアイーシャ達は、宿題のことなど気にしていない様子で雛竜と遊んでいるのに、フローレンスの態度は不自然だ。

師匠から「フローレンス・マーベリックには近づくな」と釘を刺されていたのだが、それでも意識せずにはいられなかった。フィンの心には、もう金髪の少女が住み着いていたのだ。

「ねぇ、フィン！　フィンったら、さっきから質問しているのに！」

女子寮への階段をぼんやりと眺めていたフィンは、アイーシャに声を掛けられて我に返る。

「何？　アイーシャ？」

「もう！　アクアーは飛べるのか？　って、皆で心配していたのよ」

確かにアクアーは、水で遊ぶのが好きだし、手足に水掻きがついている。皆が心配になるのももっともだ。

フィンは、ゼファーよりも小振りなアクアーの羽根を広げて観察するのと同時に、魔法体系を調べてみた。

（こんなに小さいのに、魔力の塊なんだよなぁ。水の魔法体系なのは明らかだけど、それに加えて、土、風、少ないけど火の魔法体系も持っている）

調べ終わったフィンは、皆を安心させるように言う。

「水鳥も空を飛ぶだろ？　アクアーだって羽根があるんだから、飛べるに決まっているさ」

ラッセルはたとえ飛べなくても受け入れようと密かに覚悟していたのだが、やはり空への憧れは捨て切れていなかったので、フィンの言葉にホッとした。

『きゅるるる……』

アクアーはそんなラッセルの胸に頭を擦り付けて甘える。

それを見て、フィンはウィニーが恋しくなった。

そこで、賑やかな食堂を抜け出して、竜舎へウィニーに会いに行く。

ウィニーは、フィンが竜舎に来たのを不思議に思う。

『フィン？　何かあったの？』

ついさっきまで、ルーベンスの塔で一緒に魔法の技の練習をしていたのだ。会いに来てくれたのは嬉しいが、何か変に感じた。

『雛竜達を見ていたら、ウィニーに会いたくなったんだ』

フィンの言葉は嘘ではなかったが、全てが本当という訳でもない。フローレンスに避けられたような気がして、傷つくとまではいかなくても、落ち込んでいた。

だから、あの場にはいたくなかったし、気を紛らわしたいとも思ったのだ。

（前は、アレックスとかマリアンに無視されたり、意地悪を言われたりしたけど、そんなに気にならなかった……やわになったのかな？）

上級魔法使いの弟子として、皆に優しくされるのに慣れてしまったのかもしれない。

（きっと、俺は知らないうちにフローレンスを避けるような態度を取っていたんだろう。男の俺でも、何となく傷つくんだから、フローレンスはもっと嫌な感じだったんだろ

うな）

ウィニーは、フィンの複雑な気持ちが理解できず、とりあえず元気づけようとする。

『ねぇ、フィン！　一緒に飛ぼうよ！』

フィンは、ウィニーに心配かけてごめんねと笑いかけると、鞍を付けてサリヴァンの空へ舞い上がった。

「あっ、ウィニーとフィンさんだわ……」

フローレンスは女子寮の窓からウィニーの姿を見ていたが、他の女の子達が階段を上がってくる音を聞いて、机に戻って宿題をしている振りをする。

上がってきたのはアイーシャ達だ。アイーシャはフローレンスの姿を認めると、話しかけてきた。

「フローレンス？　フィンと喧嘩でもしたの？　フィンは時々無礼な口をきくけど、悪い子ではないわよ」

アイーシャの言葉に、フローレンスは首を横に振る。

ルーシーやフィオナだったらその仕草だけで、話したくないのだと察して部屋から出ていくが、問題児のツートップ――ダブルＡの片割れであるアイーシャには通用しない。

気になったことは最後まで追及するのが彼女のスタンスだ。

「まさか、フィンに口説かれて困っているとか？」

フローレンスは、金髪に青い瞳の美少女だ。ありえない話ではない。

もしフィンが言い寄ってきて困っているのなら、つきまとわないように注意してあげる、とアイーシャは言い出した。

「違うわ！　そんなんじゃないのよ。一族のために、フィンさんを口説けと言われたの。でも、そんなこと恥ずかしくてできないから、困っているの」

アイーシャは、なるほど！　と手を叩いた。

「フィンは、ああ見えても上級魔法使いの弟子だものね。将来はシラス王国の守護魔法使いとして確固たる地位が約束されているんですもの。そりゃ、そんなことを言い出す年寄りもいるでしょうね」

アイーシャは、あのままバルト王国にいたら、自分も父の都合の良い相手と婚約させられていただろうと苦笑する。

「私も勝手に結婚相手を決められるのが嫌で、シラス王国に留学したの。結局はアンドリューとくっつけられそうなんだけどね。でも、外からバルト王国を見ると、今の情勢は凄く危ないのよね。だから、シラス王国との同盟を強化するためなら、政略結婚もありだと思っているの。それに、アンドリューも嫌いじゃないし」

「でも、バルト王国の王女が国のために政略結婚をするのと、私が一族繁栄のためにフィ

ンさんにアプローチするのとでは、違う気がするわ。とても打算的な感じがして、嫌なの！」

後宮で育ったアイーシャには、恋の駆け引きや、打算的なアプローチが悪いという意識はない。自分の母や、父の第一夫人のヘレナだってしていることだ。

だが、友人のことを思いやる優しさも持っている。

「フローレンスがフィンのことを嫌いなら、一族の長が何を言おうと無視すればいいのよ」

しかし、フローレンスは、自分の気持ちがわからないから、困っているのだと俯く。

「あれ？　もしかして、フィンが好きなの？　なら、問題ないじゃない！」

微妙な乙女心など持ち合わせていないアイーシャは、一挙両得だと祝福する。

「そんなぁ……」

応援するわよ！　と言われて、戸惑うフローレンスだった。

アイーシャは、フローレンスとフィンをくっつける作戦をあれこれ考える。しかし、乙女心の複雑さを知らないアイーシャに、上手く仲人役ができる訳がなかった。

「フィン！　ねえ、ウィニーに乗せてよ！　そうだ、フローレンスも一緒に乗せてもらいましょう」

強引に腕を組み竜舎まで引っ張って来て、二人の仲を取り持とうとするが、フローレンスは余計に意識して、フィンを避けるようになってしまった。

「近頃、アイーシャは、フィンの後ろを追いかけてばかりだ……」

政略結婚の相手とはいえ、他の生徒を追いかけられたら、アンドリューとしては気分が悪い。

愚痴られたユリアンは、つい最近まで自分がフィンのストーカーだったくせに、と内心で呟く。

「やはり、上級魔法使いの弟子の方が頼りがいがあると思っているのかな？　アイーシャとフィンは、お互いに魔法を教え合ったりして、二人で過ごす時間が多いみたいだし……」

ユリアンは、アイーシャとフィンは単なる友達にしか見えないと慰める。

あんなじゃじゃ馬に恋しているアンドリューには呆れるが、せっかく政略結婚の相手に惚れてくれているのだから、応援しなくてはいけない。何とかアンドリューに恋心を維持してもらおうと、アイーシャの行動を注意深く観察する。

「アンドリュー！　アイーシャは、フローレンスとフィンをくっつけようと頑張っているみたいです。あまり、上手くはいっていませんがね」

「えっ？　アイーシャはフィンが好きなんだと思っていたけど……そうか！　フローレンスって、あの金髪の女の子だよね」

自分の勘違(かんちが)いだとわかって、アンドリューはウキウキしだす。ここまでは良かったのだ。

「お祖父様(じい)や父上は、ルーベンス様が結婚しなかったことを嘆(なげ)いておられた。上級魔法使いがいなくなると、国境の防衛魔法が保てなくなるからな。ルーベンス様は高齢だし、ここはフィンに結婚してもらって、子どもをいっぱい作ってもらわなきゃね！」

アンドリューの言っていることは正論だが、ユリアンは嫌な予感がして堪(たま)らない。アンドリューとは長い付き合いなだけあって、ある程度の勘(かん)が働くのだ。

「アンドリュー、こういうことは他人が口を挟(はさ)まない方が……」

「あの鈍感(どんかん)なフィンが、フローレンスの恋心になど気づく訳がない！　ここは、私が間を取り持ってやろう」

スキップしながら、アイーシャと相談しなきゃと去っていくアンドリュー。その後ろ姿に、ユリアンは厄介事(やっかいごと)を引き起こさないでくれと願うのだった。

「アイーシャ、今度の週末にフィンとフローレンスを誘って、ピクニックに行かないか？」

アンドリューとしては、雛竜の世話をしたいところなのだが、それを犠牲(ぎせい)にして、フィンとフローレンスをくっつける作戦を実行することにした。

「あら！　アンドリューも二人がお似合いだと思ったのね。フローレンスは、フィンを意識し過ぎて話もろくにできないの。あれでは、鈍(にぶ)いフィンには気持ちが伝わらないわ」

「確かに、フィンは女心に疎そうだな」

非常識なダブルAに言われたくはないだろうが、確かにフィンには女っ気がない。

中等科にもなれば、土日にサリヴァンの街中でデートしたりする生徒も多いのだが、フィンはルーベンスの塔で師匠と魔法の修業や、吟遊詩人の稽古ばかりしている。

それ以外の暇な時間は、竜達の世話をしているので、本当にサリヴァンの街のことすらろくに知らない。

「でも、今のフローレンスが、ピクニックに行こうと誘って、うんと言うかしら？　断るかもしれないわ」

「何人かのグループで行くなら、断らないんじゃないか？」

二人であれこれと誘うメンバーを考える。しかし、フィンの友達の三人が雛竜の世話でピクニックどころではないので、なかなか人選に困ってしまう。


「ハックション！　何か嫌な予感がするなぁ」

ルーベンスの塔で、師匠と技の修業をしていたフィンは、大きなくしゃみをした。

「まさか、フローレンスと付き合っているのではないだろうな？」

集中が途切れたフィンに、ルーベンスはぶつぶつとお説教をする。

「向こうも俺を避けていますよ。師匠の思い過ごしです」

「どうだかなぁ。お前は、バーナードの性格を知らないから、そんな呑気なことを言っていられるのだ。兎に角、近づかない方が良い。それより、アクアーのために水の魔法陣を使ったのか？」

「はい。やはり、岩に掛ける方が簡単ですね。寮の壁は石と木材が交じっているから、なかなか魔法陣を掛けにくかったです」

二人の話は、海の上に水の魔法陣を掛けられるか？　という真剣な議論に移った。

「水の魔法陣は、あの岩窟都市にテムジン山脈からの水を引くために、長い年月をかけて水占い師達が考え出したものだからな。海の上に防衛魔法を掛けるのとは違うかもしれない」

「でも、何か使えそうな気もするのです。水のバリアーみたいなものとか？　でも、そんなことをしたら、交易船も通過できなくなりますよね。シラス王国は、交易によって富を得ているからなぁ。貴族や商人どもが困るだろう」

「水のバリアーか……」

今年の夏休みこそ、海岸線の防衛をどうにかしたい。二人は、魔法書を読み漁っては、役に立ちそうなものはないかと考えていた。

# 四　保育所？

アンドリューとアイーシャは、フィンとフローレンスをくっつけようとピクニックを計画したが、雛竜の起こした騒動によって延期になった。

「ゼファーがいない！」

教室で古典の自習をしていたパックは、餌をやろうと寮に戻り、もぬけの殻の部屋を見て、パニックになった。

「パック、落ち着いて！　ゼファーがどこにいるか、君ならわかるはずだよ」

フィンは、窓が開いているので、きっとゼファーは外に飛び出したのだと言う。

「ウィニーも期末試験に乱入したりしたけど、ゼファーはもう飛べるようになったんだね。早いなぁ」

「なんだ、盗まれたんじゃなかったのか。そうかぁ、飛べるようになったのかぁ！」

落ち着きを取り戻したパックは、深呼吸してゼファーの居場所を魔法で探る。すると、竜舎でウィニーやグラウニーと一緒にいるのが見つかった。

飛べるようになったのは嬉しいが、生きた心地がしなかったと言って、竜舎に駆けつけたパックは藁の上に崩れ落ちた。

『もう、ウィニーと一緒にいたいなら、そう言ってくれたら良かったのに。心配したよ』

パックはゼファーを抱き上げて、すりすりする。

『きゅるるるるん』

『ごめんね、ゼファー。古典でも良い点を取らなくては、お前にも恥ずかしいと思ったんだ』

期末試験の勉強で忙しくて、ゼファーとあまり遊んでやれなかったのを、パックは反省した。

『ああ、良かった！　ここにいたんだね！』

追いかけてきたフィンも、パックがゼファーを抱き締めているのを見つけて安心する。

『私やグラウニーが飛ぶのを見ているから、ゼファーは飛ぶのが早かったんだよ』

ウィニーが得意げに胸を張った。

『そうだね！　お手本がいるから』

フィンは、そう言ってウィニーのご機嫌を取った。今回の事件を受けて、ウィニーに少し頼みたいことができたからだ。

『ねえ、これから期末試験が終わるまで、チビ竜達の面倒を見てくれないかな？　夜は皆の部屋に引き取るけど、勉強している間、放っておくのも可哀想だから』

中等科の試験は論文形式のものが多いので、時間がかかる。それに、ゼファーの例を見ても、竜のお手本がある方が良さそうだとフィンは考えた。

『いいよ！　私が面倒を見るよ！』

ウィニーは大役を任せられて張り切る。そうは言っても、三頭を一頭で育てるのは大変だ。フィンは、奥にいるグラウニーにも声を掛ける。

『グラウニーも手伝ってくれる？』

『もちろん！』

餌やりは竜の飼育係のバースが引き受けてくれたし、残る心配はフレアーとアクアーの魔法体系の問題だ。

「フレアーはいつ火を噴くかわからないし、アクアーが水遊びできる場所も造らなきゃね」

「なぁ、フィン。ウィニーやグラウニーも水遊びは好きだから、大きめの池があると便利だと思うぞ。それと、フレアーが竜舎で火を噴いたら困るから、ちゃんと言い聞かせてくれよ」

寝藁に火がついたら大変だとバースは心配する。

『私達がちゃんと面倒を見るよ』

『もしフレアーが火を噴いても、すぐに消すから！』

ウィニーに続き、グラウニーが、水の魔法体系も得意だからと引き受ける。

『そろそろ、チビ竜達も魔法の練習を始めなきゃね。でも、その前にまずは池だ！』

フィンは早速塔に向かい、師匠に、ウィニーとグラウニーにチビ竜の面倒を見てもらう件と、水遊びの池を造る件を相談した。

「お前にしては冴えているのう！　確かに、竜には竜が教えた方が早く伝わるかもしれない。ウィニーはもうかなり魔法の技を習得しているし、グラウニーもファビアンと練習を重ねている。アクアー、ゼファー、フレアーには良いお手本になるだろう。池の件は、お前がヘンドリック校長に許可をもらって造ってみろ。そろそろ、寮での水遊びも限界だろうからな」

もうじきマイヤー夫人の我慢の限界に達するだろうと仄めかされて、フィンは頷く。ただ、ヘンドリック校長に自分で言いに行くことには及び腰だ。

「師匠が言ってくださいよ」

「馬鹿者！　お前も中等科になったのだから、それくらい自分で交渉しろ」

「あっ、アクアーはラッセルの竜なんだから、彼に……痛い！　師匠、酷いよぉ」

ゴツンと拳骨を落とされて、フィンは渋々校長室へ向かう。その姿を窓から眺めながら、ルーベンスは深い溜め息をついた。

冬の間に、フィンの魔法の修業はかなり進んだが、上級魔法使いとして国を支えていく心構えはまだまだ。

「ヘンドリック校長ぐらい、簡単に説得できなくてどうする！」

そう呟いたルーベンスは、ヘンドリック校長の言うことを聞いたこともなければ、塔の改築や竜舎の建築について許可を取ったこともなかった。

ソファーで竪琴を爪弾きながら、ゆくゆくは貴族が蔓延る王宮にもフィンを慣らしていかなくてはと、ルーベンスなりに悩むのだった。


「はぁ、こういうことは師匠がしてくれれば良いのに……」

フィンは校長室の前で深呼吸すると、ドアをノックする。

「どうぞ。おや、フィン？　何かヘンドリック校長に話があるのかい？」

秘書のベーリングは、にこやかにフィンに質問をする。事前に話の内容を把握するのも秘書の務めなのだ。

「師匠にヘンドリック校長に頼みに行けと言われたんですけど、やはり俺では無理ですよね」

「いや、何か話があるのなら、都合を聞いてみよう。ちょっと待っていなさい」

ベーリングは、ルーベンスがこうしてフィンを寄越したのは、上級魔法使いの鍛錬の一つだとピンときた。

それから部屋の中を振り返り、声を掛ける。

「ヘンドリック校長、フィンが話したいと言って来ています。どうされますか？」

「もちろん、通しなさい！　ルーベンス様のように、勝手な行動をするなと言い聞かせたいと思っていたのだ」

ベーリングは、ヘンドリック校長も次代の上級魔法使いをちゃんと育てていきたいと考えているのだと察した。それが上手く伝わればいいが……と思いながら、フィンを部屋に通した。

## 五　フィンの池？

「あのう、お忙しいところ……」

フィンは、やはり校長室は緊張するなぁ、とおそるおそる部屋に入る。ヘンドリック校長はその緊張を和らげるように、にこやかに応接セットへ案内した。

「いやぁ、フィン。こちらから呼び出そうかと思っていたのだ。雛竜達は、元気に育っているようだな」

「あっ、そうなんです。その雛竜のアクアーについて、ヘンドリック校長にお願いがあって、ここに来ました。実は、水浴びができる池を庭に造る許可を頂きたいのです」

　長居をしたくないので、フィンは早速話を進める。

　ヘンドリック校長は、この機会に上級魔法使いとしての心構えを説きたいと構えていたのだが、突然の提案に面食らい、ペースを乱された。

「他の竜達も水浴びさせたいから、少し大きな池にしたいのです」

「それは構わないが、どこに造るつもりなのだ？」

「竜は水浴びしたら眠たくなるので、竜舎の近くが良いと思っています」

　元々、竜舎は校舎や寮から離す意図があって、ルーベンスの塔の近くに設置した。そこに池を造っても問題はないだろうと、ヘンドリック校長は頷く。

「ありがとうございます！　では、失礼します」

「おい！　費用や資材はどうするのだ？」と、ヘンドリック校長は尋ねようとしたが、フィンは既に部屋を出た後だった。

「ヘンドリック校長？　フィンが凄い勢いで出ていきましたが、用事は終わったのですか？」

「フィンには、もう少し礼儀作法を教えなくてはいけないな……。ルーベンス様は、この点は全く当てにならないし」

　貴族階級出身のルーベンスだが、年齢を重ねると共に礼儀作法など投げ捨て、気儘に振る舞うようになった。しかし、だからと言って、フィンも礼儀知らずでいいということはない。

基本を身につけた上での無礼な態度と、農民出身のフィンが無知から失敗して恥をかくのとでは意味が違うだろうと、ヘンドリック校長は心配していた。

「フィンの同級生には、アンドリューやラッセルもいますし、ラルフの叔父は王宮魔法使いです。彼らと付き合っていくうちに、礼儀作法ぐらいは自然と身につくのでは？」

そう言うベーリングは、サリヴァンの名門貴族の出身で、優雅な身のこなしと丁重な受け答えが得意だ。物腰はやわらかいが優秀な魔法使いであり、次期、もしくはその次のアシュレイ魔法学校の校長候補でもある。

ヘンドリック校長は、フィンにベーリングのような落ち着きと、所作を身につけて欲しいと気を揉むのだった。

「師匠～！　許可が下りましたよ！」

ルーベンスの塔の螺旋階段を二段飛ばしで駆け上がりながら、フィンは嬉しそうに叫ぶ。

ルーベンスはそれを聞いて、もっと落ち着かないと駄目だと眉を顰めた。

部屋に飛び込んだフィンは、息を切らせながらルーベンスに報告する。

「これからバースと相談して、池を造りたいと思います。できるだけ早く完成させたいから！」

「まぁ、やってみなさい」

ルーベンスは、冬の間に色々な技を教えたので、フィンなら池ぐらいは問題なく造れるだろうと考えていた。

フィンは竜舎へ駆けて行き、裏庭に出てバースとどのような池にしたら良いのか話し合う。

「ねぇ、バース？　アクアーだけでなく、他の竜も水遊びできる池って、どのくらいの大きさかなぁ」

「やはり、この裏庭ぐらいの池じゃないと、窮屈で可哀想だろう。特に、アクアーは水の竜だからなぁ」

ルーベンスの塔は魔法学校の奥にあり、その周りには城が建つ前からの木々を残した庭が広がっていた。

これが、王宮にあるようなバラ園とかだったら、フィンも気を使ってこぢんまりした池を造ろうと思ったのかもしれないが、ただの木々では遠慮する気が全く起きなかった。

「水の循環は、水の魔法陣を活用すれば良いとして、やっぱり底は岩か石で造った方が水が濁らないよね？」

「それは、そうだけど……ここの土はどうするんだ？　できるだけ早く造ってやりたいが……」

竜馬鹿のバースは、夏が来る前に池を完成させたいと考えていた。もちろん、フィンも早いに越したことはないと思っている。だが、それには木と土をどうにかする必要がある。

「木が邪魔だけど、全部伐採するのは可哀想だよね。それに、入学した頃にこの林を見て、カリン村を思い出して慰められたしなぁ」

フィンは、木と木があまり近づき過ぎないように用心しながら、裏庭の林をググッと押していく。

バースは、フィンが魔法を使うのを見るのは初めてなので、やはり普通の人間ではないのだと、改めて実感した。

「小さな木はあっちの中庭に移動させよう！　これで池のスペースが確保できたね！」

「ああ。これだけの広さがあれば、竜達が水遊びしても大丈夫だろう」

後は業者を呼んで池を掘り、水をどこかから引く工事をするのだろうとバースが考えていると、フィンが手を地面につけて巨大な穴を作り出した。

「おい！　そこにあった土はどこにいったんだ！」

「えっ？　結構、肥えた土だったから、魔法で家の空き地に送ったんだけど……いけなかったかな？　あっ、ハンス兄ちゃんが驚いているかもね。突然、空き地に小山ができたから」

バースは口を開けて眺めるしかない。その間もフィンは、池の底の土を岩に変えたり、それを敷き詰めたりと忙しい。

「どうにか池の形になったね！　まだアクアー以外の雛竜は泳げないから、浅い場所も造ったんだよ。これで試してみて、駄目ならまた調整しよう」

「だが、水は？」

あっという間に裏庭の大部分が池の形に整地されてしまったのを、驚きを通り越して呆れながらバースは見ていたが、今のままではただの穴だ。

「もちろん忘れてないよ。水の魔法陣はまだ自信がないから、慎重に掛けなきゃね。バース、少しの間、俺に話しかけないでね」

そう言うと、フィンは深呼吸を繰り返して、精神を集中する。

バルト王国の首都カルバラで見た魔法陣を、冬の間にアイーシャに教えてもらったこつを思い出しながら描いていく。

寮のアクアーの盥とは桁違いの巨大な水の魔法陣を、同じ敷地内にあるサリヴァンの王城の基盤を損なわないようにと、慎重に掛けた。

「わぁ〜！　凄い！」

「はぁ、はぁ、どうにか成功したみたいだね」

こんな大規模な魔法が自分の学校内で使われて、気がつかない教授などいない。校内はにわかに騒然となった。

ルーベンスも何をやらかしたのかと仰天して塔から下り、へたへたと池の横に座りこんでいるフィンを見つけて雷を落とす。

「こんな風に魔力を一気に使うな！　少しずつ造れば良いだろうに……おいフィン、大丈夫か？」

「少し、疲れただけです」

フィンは、足にグッと力を込めて立ち上がる。今思えば、水の魔法陣は明日に回せば良かったのだが、経験の浅いフィンには、魔力をどれだけ消耗するかの見立てができなかった。

「しかもこんな大きな池を……まぁ、それは良いが、これからは魔力の使い過ぎに気をつけなくてはいけないぞ。命を落とす危険もあるのだからな」

校舎の方から、ヘンドリック校長を先頭に、ヤン教授達が駆けつけて来るのを察知したルーベンスは、面倒事は御免だと塔へ逃げた。

バースも竜の世話をしなくてはと言って逃げ出し、残されたフィンは、ヘンドリック校長達からあれこれと質問攻めに遭った。

「池を造るとは聞いたが、こんなに大きいとは！」

「まさか、フィンが造ったのか？」

「ルーベンス様が造られたのでは？」

教授達に囲まれて、しどろもどろで説明していたフィンだったが、段々と疲れてきた。

「フィン？　顔色が悪いぞ」

ヤン教授は、こんな大規模な魔法を使ったフィンを案じる。

「魔法を使い過ぎたみたいです。すみません、失礼します」

本当にしんどくなってきたフィンは、これ幸いと教授達の質問から逃れて部屋に帰った。

竜達は池がとても気に入った。ウィニーとグラウニーは水浴びをするし、アクアーはよく泳いでは楽しんだ。その姿をフィンは満足そうに眺めていたが、問題は皆がこの池を『フィンの池』と呼ぶことだ。

「フィンの池だなんて……アクアーの池の方が良いのにね」

「フィンが造ったのだから『フィンの池』で良いんじゃないか？　それより、フレアーは泳げるのかな？」

そう言って、ラルフは両腕を組む。

アクアーはもちろんだが、ゼファーも浅い場所でならパシャパシャと水浴びを楽しんでいる。しかし、フレアーは他の二頭の雛竜ほど水浴びをしていなかった。

だからラルフは、フレアーがあまり泳ぎが得意ではないのではないかと心配しているのだ。

「うう〜ん、フレアーも水の魔法体系を少し持っているし、泳げるようになると思うよ。ウィニーだって、泳げるようになったのは夏になってからだったんだから、気にするのはまだ早いよ」

フィンの言葉を聞いたラルフは、夏休みはフレアーと水泳をしようと言って微笑(ほほえ)んだ。

「チェッ！　もう夏休みの予定を立てるだなんて、優等生は余裕だよね！　俺達は期末試験で頭が痛いのに」

フィンのボヤきに、ラルフはこんな大きな池を造ったのに小さなことで悩むんだな、と笑った。

## 六　のんびりピクニック

ウィニーとグラウニーが雛竜達の面倒を見てくれたので、ラッセル、ラルフ、パックも期末試験を無事に終えられた。元々、ラッセルとラルフは優等生だったし、パックも竜をもらったのに悪い点では恥ずかしいと頑張った。

テストから解放された四人は、食堂で夏休みの話をする。

「やったぁ！　これで、少しは夏休み中にゼファーと海岸で遊んでやれる」

「少し？　パックは、古典の罰宿題もないのに？」

フィンは、雛竜と海岸で遊び放題だろうと訝しむ。

「カザフ王国の動きが怪しいと父上からの手紙に書いてあった。家の領地は海岸沿いだから、パトロールを強化しているのさ。だから、夏休みは手伝わなきゃいけないみたいだ」

「そっかぁ、大変だね。海岸に防衛魔法が掛けられると良いのだけど……。この夏休みに、あれこれ試してみようと思っているんだ。それにしても、カザフ王国の動きかぁ……」

昨年の夏至祭で出会ったミランダ姫はどうしているのだろうと、フィンは考える。

（そろそろ、チャールズ王子と結婚式を挙げるのかな？　カザフ王国とサリン王国が婚姻で同盟を強化するのは困るけど……あの二人はお互いに好きあってるみたいだし……）

ぼんやりとデザートのオレンジを眺めていたら、昨年の夏に出会ったもう一人の姫が目の前に現れた。

「ねえ、フィン！　私は夏休みにバルト王国に帰るの。貴方も一緒に行かない？　兄上に竜に乗って空を飛んだと手紙を書いたけど、信じてもらえないのよ」

「そうだ！　私もバルト王国を訪問するから、フィンも一緒に行こう」

アンドリューは、アイーシャと共に同盟国であるバルト王国のカルバラを訪問することになったのだ。もちろん、警護する武官や、外交官などを引き連れての旅になる。フィンは、師匠との気儘な旅ならいざ知らず、貴族や騎士達と一緒にカルバラまで行く気にはなれない。

「いや、俺は師匠とやることがあるから……竜を連れて行きたいなら、ファビアンに同行を頼んでみたらどうだろう？」

「ファビアンかぁ。まぁ、父上から頼めば、承知してくれるだろうけど……フィンは無理なのか？」

「自治会長のファビアン？　あの人より、フィンの方が楽しそうなのに……でも、お爺ちゃんと用事があるなら仕方ないわね。それはそうと、期末試験が終わったから、今度皆で海岸にピクニックに行くの。フィンも、それくらいは付き合ってくれるでしょ」

そう言いながら、アイーシャはアンドリューの脇腹を肘でつつく。フィンが来られないことをまだねちねちと言っていたアンドリューは、フィンとフローレンスをくっつけるという作戦を思い出し、ハッと我に返ってアイーシャに続いた。

「あっ、そうだ！　フィンも一緒にピクニックへ行こう！」

「ピクニック？　夏至祭でもないのに？」

怪訝そうなフィンを、アイーシャは強く誘う。

「だって、夏至祭はバルト王国で過ごすつもりですもの。だから、その前に仲良くなった友達とピクニックをしたいの。一日ぐらい付き合ってもバチは当たらないはずよ！」

冬の間、水の魔法陣を教えてあげたでしょ！　と言われると断れない。フィンは師匠に許可をもらってくると言って、その場を立ち去った。即答しなかったのは、何となく裏があるように思えたからだ。

「アイーシャ、ちょっと強引に誘い過ぎたんじゃ？　あれだとフィンが警戒してしまうよ」

「だって、フローレンスが悩んでいるのを見ていられないのよ。フィンに気があるのに、一族のために近づくのは嫌だと言って、気持ちを押し殺そうとしているの」

「本当に、フローレンスって変わった趣味だね。まぁ、人の好みはそれぞれだけど……」

きっと見た目で好きになった訳ではないだろうと、アンドリューとアイーシャは笑う。いつもくるくるの巻き毛が乱れているフィンは、お世辞にもハンサムとは言えない。しかし、生き生きとした緑の瞳や、いつも笑みを浮かべている顔は、誰もが好感を持つ。

「フィンは優しいから、フローレンスの相手として悪くないと思うわ。それに、彼女の一族はルーベンスお爺ちゃんを輩出したのでしょ？　アンドリューも、フィンと結婚させたいと言ってたじゃない」

そんな風に会話をしながら、アイーシャとアンドリューは、どうやって二人をくっつけるか仲良く企むのだった。

一方、フィンはルーベンスの塔を訪れていた。

「ピクニックじゃと？　まぁ、一日ぐらいは、好きにしたら良いが……」

ルーベンスは、海岸線の防衛方法を真剣に考え込んでいたので、フィンの問いかけに、何も考えずに許可を与えた。

フィンも、寮に帰って「ピクニックに行くぞ！」と友人達と話してはしゃいでいるうちに、怪しく感じたことを忘れてしまった。

（しまった！　これは、アイーシャにやられたな）

ピクニックの最中、フィンはようやくはめられたことを悟った。

魔法学校には女子生徒が少ないし、アイーシャとフローレンスがピクニックに参加しても不思議ではない。しかし、常に横に座らされたり、ゲームでペアを組まされたりしたら、いくら鈍いフィンでもその意図に気づく。

「フィンさん、ごめんなさい。アイーシャは変なことを考えているんです」

フローレンスは、身の置き場がないと俯いて謝る。

「フローレンスが謝る必要はないよ。アイーシャは、何か勘違いをしているのさ。それより、ピクニックを楽しもう！」

「いいえ、アイーシャは私が悩んでいるのを見かねて、フィンさんと親しくなれる切っ掛けを作ろうとしてくれたんです。本当はこんなこと言っちゃいけないんですけど……大伯父のマーベリック伯爵に気をつけてくださいね」

フィンは、フローレンスがマーベリック伯爵から、自分と接近するように圧力を掛けられたのだと察した。

「ごめん！　フローレンスも、農民の子となんか結婚したくないだろうに。俺から、マーベリック伯爵に言っておくよ」

「そんなぁ、私は打算的な考えで近づくのが嫌なだけです。そんなことをしたら、フィンさんに嫌われるんじゃないかと悩んでいて……。それに、お願いですから、大伯父に何も言わないでください！　私の父は、伯爵家の家令なんです」

フィンは貴族の生活に詳しくはなかったが、フローレンスから説明されて、規模は違うがレオナール家の管理人みたいな地位なのだと納得する。

「貴族といっても、私は伯爵の甥の娘に過ぎません。できたら中級魔法使いの免許が欲しいんですけど、下級しか取れないかもしれません」

「俺も入学した頃は、下級の免許を取れたら御の字だと思っていたよ。大丈夫、フローレンスはきっと中級の免許を取れるよ」

フィンは、自分の一族の娘を利用しようとしたマーベリック伯爵には腹が立ったが、それで悩んでいたフローレンスを嫌いになったりはしなかった。

ここにルーベンスがいたら、伯爵の思惑を知ってもフローレンスの側を離れないフィンの頭をペシンと殴っていただろう。しかし、師匠は塔に籠もっていたし、フィン達は海岸でピクニックの最中だ。

パックはフィオナと一緒にゼファーを水遊びさせていて、アンドリューはアイーシャとお土産にする綺麗な貝殻を探している。このピクニックに参加したメンバーは、それぞれ女の子とカップルになって楽しんでいた。

「フローレンス、ウィニーを呼び寄せるけど、飛んでみたい？」

雛竜は一緒に連れて来たが、ウィニーは竜舎に置いてきていた。

でも、雛竜達が水遊びを楽しんでいるのを見て、フィンはウィニーにも海水浴をさせてやりたくなった。ウィニーは、海水浴をすると寝てしまうので、空の散歩をするなら泳ぐ前の方が良い。

「前に一度乗せてもらいましたけど、とても素敵でしたわ。でも、ウィニーは海水浴がしたいんじゃないですか？」

「少しぐらい待ってくれるさ！　これはフローレンスへのお詫びだよ。変な気を使わせてごめんね」

竜舎で寛いでいたウィニーは、フィンに呼び出されて飛んで来た。ちゃんと伝言を受け取って、バースに鞍を付けてもらっていたので、フローレンスを乗せてやるのも楽だ。

「あっ、私もウィニーに乗りたいな」

「もう、アンドリュー！　今日は二人をくっつけるためのピクニックよ。邪魔をしないようにしてね」

すぐに目的を忘れて竜馬鹿になるアンドリューを、アイーシャは引きずっていく。

もう、お土産の貝殻は十分だと、アイーシャとアンドリューは、海岸に張ったテントの下で冷たいレモネードを仲良く飲んだ。

## 七　ビビアン・ローズからの手紙

フローレンスと一緒に空の散歩を楽しんだフィンは、その後もピクニックを堪能した。

グラウニーも呼び出して海水浴をさせてやり、それを眺めながらサンドイッチや果物を食べる。

「魔法学校に入学してから、こんなにのんびりとした日を過ごしたのは初めてだ」

「フィンさんはいつも忙しそうですけど、師匠のルーベンス様は厳しい方なのですか？」

「どうだろう？　でも、優しいところもあるよ。そういえば、君は師匠の一族なんだよね」

金髪に青い瞳、そして長身になりそうなすらりとした体形のフローレンスは、確かにマーベリック一族の一員だ。

「ええ、バーナード大伯父様は、もう一度マーベリック一族から上級魔法使いを出したいと……あら、嫌だ！　フィンさん、変な意味に取らないでくださいね」

年頃の乙女には刺激が強い話で、フローレンスは真っ赤になる。フィンも、居心地悪そうに咳払いした。

そこへ、ひょっこりアンドリューが現れた。

「ねぇ、ウィニーが起きたみたいだから、乗っても良い？」

今回ばかりはアンドリューに感謝して、フィンはウィニーのもとへ走っていった。

「ねぇ、フローレンス？　本当はフィンのことが好きなんでしょ。はっきり言わないと、フィンは鈍いから伝わらないわよ」

一緒にいたユリアンが、アンドリューの面倒を見に行ってしまったので、一人残されたパックの妹のルーシーが、ソッとフローレンスに忠告する。

「いいの……だって、大伯父様の言う通りに誘惑したみたいで嫌だもの……」

そう言いながらも、フローレンスの目はフィンを追い続けている。ルーシーは、このままではフィンは、よその野心的な貴族の娘に罠を仕掛けられて捕らえられてしまうのではないかと危惧する。

（フィンとフローレンスはお似合いだわ！　アイーシャじゃないけど、二人をくっつけなきゃね。でないと……）

初めて海岸のバーベキューで出会った時に、少し良いな！　とフィンに対してときめいた気持ちをルーシーは封印した。兄の友達であるフィンと付き合うのは気恥ずかしいし、喧嘩などしたらややこしくなりそうだ。それに、今仲良くしているユリアンはとても紳士的で優しい。

これが最良の選択なのだと、確かめるように頷いた。

そんな乙女達の悩みを知りもせず、フィンはその日一日、心おきなくピクニックを楽しんで寮に帰った。すると、机の上に一通の手紙が置かれていた。

カリン村の家族からの手紙にしては上等な封筒だと思いながら手に取ったが、差出人の名前を見て思わず放り投げそうになる。

「ビビアン・ローズ!!」

忘れもしない、カザフ王国のミランダ姫の偽名だ。

開封するのが恐ろしくなるが、この偽名を知っているのは、本人とフィンしかいない。

「今年の秋にはチャールズ王子と結婚式を挙げると聞いているけど……まさか、招待状じゃないよね」

封を開けるくらいなら毒ヘビを捕まえろと言われた方が楽に思えるほど、その手紙からは嫌な予感がする。

「こんなの見なかったことにしたいけど……わざわざ俺しか知らない偽名を使ったのは、何か困っているからだろうなぁ」

フィンは覚悟を決め、エイヤッ！　とペーパーナイフで封を切った。そして中を見て、案の定(じょう)顔を青くする。

「ああ！　やっぱり読まなければ良かった！　冗談じゃないよ」

ビビアン・ローズからの手紙にはとんでもない頼み事が書かれていた。

「今年の夏至祭も鬼門(きもん)だぁ！　兎に角、師匠に相談しなきゃ！」

どたばたと寮の階段を駆け降りるフィンに、マイヤー夫人は天罰を与えたくなったが、切迫(せっぱく)した様子から何となくそれどころではない気がしたので見逃した。

フィンは、ビビアン・ローズからの手紙を持ったまま、ルーベンスの塔の螺旋階段を一段飛ばしに駆け上がる。

「また、フィンか！　転(ころ)ばなければ良いが……何だか嫌な予感がするぞ……」

守護魔法使いとして百年近くも一人で防衛魔法を支えてきたルーベンスの体に、ゾクリと悪寒(おかん)が走った。

「師匠！　ビビアン・ローズから手紙が来ました。読んでみてください」

フィンから突き出された封筒がろくでもないものだと直感したルーベンスだったが、諦(あきら)

めて受け取った。

幾度もの修羅場を乗り越えてきた青い瞳が、一文読むごとに細められる。

「何だって！　フレデリック王は、そこまで焦っているのか？　ミランダ姫が世継ぎを産むのも待てないみたいだな……」

「どうしましょう？」と自分を見つめる不安そうな緑色の瞳を、ルーベンスは厳しい瞳で睨み返す。

「お前には攻撃魔法を使わせたくなかったが、そうも言ってはいられない事態になるかもしれない。兎に角、マキシム王と話さねばならぬ。付いて来い！」

ソファーからスクッと立ち上がった師匠の後ろ姿がとても巨大に見えて、フィンは一瞬驚き階段へ向かうのが遅れた。

この瞬間、唐突にフィンの子ども時代は終わりを告げた。

間もなくして、カザフ王国とシラス王国は戦争状態になる。後世の歴史家には、その口火を切ったのがビビアン・ローズからの手紙だと断言する者もいる。

# 八　ミランダ姫の苦悩（くのう）

ビビアン・ローズ――ミランダ姫からの手紙を持って王宮へ向かったルーベンスとフィンは、マキシム王、キャリガン王太子と話し合った。

「ルーベンスよ。まさか、サリン王国の首都ベリエールに行くつもりではあるまいな？」

「ルーベンス様、そんなの駄目ですよ。この手紙は我（わ）がシラス王国の守護魔法使いを呼び寄せる罠かもしれません」

ルーベンスは、マキシム王とキャリガン王太子が心配するのも当然だとは理解していたが、カザフ王国のフレデリック王のやり口の酷さに腹も立てていたので厳しい顔をする。

（やっぱり、あんな手紙を開けなければ良かったな）

フィンは、大人しく口を閉ざして真剣な話し合いを聞いていた。マキシム王やキャリガン王太子の説得にも首を横に振る師匠の厳しい顔を見て、ミランダ姫の助けを求める声に応じるつもりなのだと察し、自分も覚悟を決めた。

「サリン王国のジェームズ王はカザフ王国の密偵（みってい）により、麻薬漬（づ）けになっている。チャールズ王子は、それをミランダ姫から聞いて、少しずつジェームズ王から麻薬を遠（とお）ざけるよう図っていたのだが……上手くいかなかったらしいのう。それを逆手にとって、カザフ王国と通じている裏切り者が、チャールズ王子とその側近の陰謀と騒ぎ立て、しまいには王にもその讒言を信じ込ませ、王子を幽閉させるとは……なんと悪質な。サリン王国の上層部は、既にカザフ王国に乗っ取られてしまっている。まともな貴族なら、自国の王が麻薬漬けにされ、王子を幽閉しようとするのを止めるはずだ」

怒りに満ちた青い目に、マキシム王とキャリガン王太子も気圧される。二人も、本音ではカザフ王国の陰湿なやり方には腹を立てていた。

気持ちを固めてしまったルーベンスを止めることができないと悟ったキャリガン王太子は、シラス王国を危険にさらす訳にはいかないので最後の安全策を口にする。

「せめて、フィンだけでも置いて行ってください。危険過ぎます」

「残るなんて嫌です！　ビビアン・ローズは俺に助けを求めてきたのです。それに、ウィニーで潜入するなら俺の方が目立たないし……だったら師匠が残れば……痛い！」

「お前一人で敵国に潜入だなんて、百年早いわ！　ほら、さっさと付いて来い」

ルーベンスにゴツンと拳骨を落とされて、頭を擦っているフィンの幼過ぎる姿に、マキシム王は一抹の不安を覚える。

本当にこの少年がルーベンスの跡を継げるのだろうか、と思わずにはいられない。

キャリガン王太子は、アシュレイの血を引くであろう少年が師匠と共に敵地へ赴くのを、苦い思いで見送った。

フィンが子を作れば、その子が上級魔法使いの素質を持つ可能性は大いにある。これで長年の後継者問題が解決すると考えていただけに、溜め息が出てしまう。

「あの頑固爺！　無事に帰って来てくれればよいが……何だ？　キャリガン、そんな不安そうな顔をして？　あの爺も、フィンだけは絶対に守ってくれるさ。百年近くも待った弟子なのだからな。それにアシュレイの子孫を保護する重要性は、ルーベンスもわかっているだろう」

「父上、フィンがアシュレイの子孫だと気づいていらっしゃったのですか？」

「あの法を誰が全国に広めたと思っているのだ。それに、毎回竜の卵がカリン村で孵ったら、誰でも気づくだろう。フィンには負担を感じさせたくないし、野心的な貴族の餌食にされたくもないから、知らぬ振りをしているのだ。ルーベンスにはしっかりと指導してもらわないと困るが、気儘な態度だけは見習って欲しくないものだな」

父の言う通り、アシュレイ魔法学校に入学した生徒の家族には免税するとの法を、国の隅々にまで拡げさせた甲斐があったのだと、キャリガン王太子は頷く。

「それより、サリン王国の政情も不安定だし、アンドリューのバルト王国訪問も考え直す必要があるのではないか？　グレースが心配するだろう」

キャリガン王太子は、妻を気遣ってくれた父に頭を下げる。

「お気遣いありがとうございます。しかし、こういう時期だからこそ、アンドリューにはバルト王国との友好関係を強固にする役目を担って欲しいと考えています。それに、ファビアンとグラウニーが同行しますので、いざという時はアイーシャ姫と共に避難することもできます」

アンドリューとアイーシャの我が儘で、竜をバルト王国訪問に参加させることになったのだが、却って良かったかもしれないとマキシム王は同意する。

「それにしても、フレデリック王は何かを急いでいる気がする。密偵に探らせてはいるが、カザフ王国の王宮への潜入は難しそうだ。今回の件で、ルーベンス達が何かミランダ姫から情報を手に入れてくれたら良いのだが……」

その頃、サリン王国の首都ベリエールでは、ミランダ姫が独りで不安と戦っていた。

(フィン！　お願い！　チャールズ様を助けて！　このまま幽閉だけでは済まされないわ。きっと、暗殺されてしまう)

ぎゅっと指をきつく組み、部屋の窓から南の空を眺める。

ミランダは、自国の大使館の誰も信じることができない状況に陥っていた。何故なら、この陰謀を仕掛けているのは、母国のカザフ王国だからだ。

(私とチャールズ王子を結婚させて、王子を跡取りにするのも待てないのは何故かしら？

ジェームズ王を麻薬漬けにしていた策略がバレただけとは思えないわ。そういえば、父上は六十五歳になられたのね）

　魔力を持たないフレデリック王は、人生の晩年に差し掛かっていた。ミランダは、後継者争いをしている母親違いの兄達を思い出し、誰が選ばれても最悪だと眉を顰める。

（絶対的な権力を持つ父上は、とても疑い深いわ。兄上達を常に争わせ、結託しないようにしていた。だから、兄弟仲が悪いのよ。まさか、この件に兄上達の誰かが関わっているのかしら？）

　王子と言っても、兄達はもう中年。長年の父王の押さえつけに、ついに耐え切れなくなったのではないか。

（確か、第一王子のルードはバルト王国の北のモンデス王国に派遣されていた。あんな不毛の王国に行くのは不満だと騒いでいたわ。モンデス王国はサリン王国にも近いわね……）

　ミランダは、カードを引き出しから取り出すと、得意の占いを始めた。チャールズ王子を助けるために、少しでも手掛かりを得たかったのだ。

「えっ！　まさか……そんなはずはないわ！　父上にはサリン王国に旅立つ時にお会いしたもの。白髪や皺は増えていたけど、とても元気そうだったし、野心に目を輝かせておられた……でも、それも一年以上も前の話なのよね……」

　ミランダが引いたのは死神のカードだった。あんなに憎んだ父なのに、いざその死を思うと、足元が崩れ落ちるような不安に襲われた。

カザフ王国の王女という身分がなくなれば、この縁談も流れてしまうかもしれない。そうしたら、今度はどんな男と結婚させられるかわからないと身震いする。

「私はどうしたら良いのかしら？」

愛するチャールズ王子と自国カザフ王国の板挟みになったミランダは、自分の生涯を賭けた博打に出る。

## 九　ルーベンスとフィン

フィンとルーベンスは、サリン王国との国境を護るノースフォーク騎士団の駐屯地に、ウィニーで乗り付けた。今回はウィニーで潜入するつもりなので、世話役のバースは連れて来ていない。

予告なしにウィニーが中庭に舞い降りたのに気づいたクレスト団長は、非常事態だと直感した。

「ルーベンス様、何かサリン王国に変事でも？」

突然の上級魔法使いの来訪を、団長自ら慌てて出迎える。

ルーベンスは、国境を護っているノースフォーク騎士団ですら、チャールズ王子が幽閉されたことを知らないのかと、自国の諜報活動の甘さを痛感した。

「フィン！　ウィニーの世話は誰かに任せて、お前も付いて来なさい」

「でも……」

馬達や騎士達がウィニーに怯えているのを感じたフィンは、その場を離れるのを躊躇した。それに、団長達との話し合いに自分が参加しても良いものなのか躊躇ってもいた。

「私達でウィニーの世話をキチンといたします」

昨年の夏休みにウィニーの世話をしてくれた騎士団付きの魔法使いと、魔力を持つ騎士が引き受けてくれた。

「じゃあ、餌を多目に与えておいてください。お願いします！」

もはやウィニーを言い訳に使うこともできなくなったフィンは腹を括った。ペコリと頭を下げると、小走りで師匠と団長の背中を追いかける。

この決断は、フィンだけでなくルーベンスにとっても重要なものだった。ついにフィンに政治の闇を見せる時が来たのだ。

『きゅるるる……』

『ほら、ウィニー！　フィンは話し合いが済んだらすぐに来てくれるさ。それまでに食事をしておこう』

フィンの背中に向けて寂しそうに鳴くウィニーを、騎士団付きの魔法使いがなだめ、竜に慣れている騎士が丸々と太った山羊を与えた。

ノースフォーク騎士団の団長室で、クレスト団長とレオナール副団長、そしてルーベンスとフィンが、サリン王国の重要な案件を話し合う。

「なんですと！　一国の王を麻薬中毒にしただけでは飽き足らず、王子まで幽閉するとは、カザフ王国は何という卑怯な手口を使うのか！」

ルーベンスから説明を受けたクレスト団長が怒りを抑え切れず机を叩く音に、フィンはビクリとしてソファーの上で小さくなる。

レオナール卿も腹を立ててはいたが、それよりもルーベンスが何をするつもりなのかが心配だった。

「チャールズ王子はそのことを去年の夏至祭で知って、少しずつ王の麻薬からの脱却を図っていたのでしたよね。その途中で、麻薬入りの煙草を王に与えていたのではないかと疑いを持たれ、幽閉された、と。ルーベンス様、まさかチャールズ王子を助けに行かれるのでは……」

自分を止めようとするレオナール卿を、ルーベンスは睨みつけて黙らせる。シラス王国を長年一人で守護してきたルーベンスは、他人の意見に耳を貸す気はなかった。

（師匠……）

フィンは、見慣れただらしない姿とは全く違う、師匠の傲慢な態度に冷や冷やする。

「私は、カザフ王国の傀儡に成り果てたジェームズ王よりは、チャールズ王子の方が隣国の支配者としてマシだと思っている。救出できるかは、ベリエールに行ってみないとわからないが、このままサリン王国がカザフ王国の属国になるのを放置する訳にはいくまい」

もちろんクレスト団長とレオナール卿もそれはわかっているが、シラス王国唯一の守護魔法使いに何かあったらと思うと、気が気でない。

ルーベンスはそんな二人に反論する隙を与えず、畳み掛ける。

「ここに寄ったのは、頼み事があったからだ。ベリエールでの潜入調査が長くなりそうな時は、フィンをウィニーと共に帰国させる。その時は……」

「師匠！　師匠をベリエールに残して、俺だけ帰ったりはしません！」

「フィン！　師匠の言うことを聞け！」

「そもそもビビアン・ローズは俺に助けを求めたのです」

ルーベンスに睨まれても、フィンは一歩も譲らない。

レオナール卿は、睨み合う二人の間で凄まじい魔力がぶつかっているのを感じる。

魔法使いの素質のないクレスト団長でさえ息苦しくなり、大きく咳払いをした。

その咳払いで、睨み合いの緊張が解けた。ルーベンスは、苦虫を噛み潰したような顔でフィンを叱りつける。

「この頑固者め！　少しはその頭を使わないか！　ウィニーが腹を減らしたら帰るしかないだろう」

「その時は、ウィニーを説得してリンドンに帰らせ、俺は残ります。師匠を一人にはさせません」

弟子のフィンがルーベンスに反論しているのを見て、団長は驚いた。規律の厳しいノースフォーク騎士団では、そんなことは許されないからだ。

隣のレオナール卿は、初めてフィンが屋敷を訪ねてきた姿を思い出し、感慨にふける。

（フィンがルーベンス様の弟子になったのは、シラス王国にとって正解だった。貧しい農民のフィンが、シラス王国の上級魔法使いとして、王侯貴族と渡りあっていけるのか不安に思っていたが、ルーベンス様は自分の気骨を弟子にも与えられたみたいだ）

レオナール卿は、フィンが自分の意見を持ち、ルーベンスにもしっかりと主張している様子に成長を感じ、今まさに次代の守護魔法使いが歩み出したのだと身震いする。

「お前がウィニーを説得できなかったら、一緒にリンドンへ帰るのだぞ！」

いつまでもこんな所で言い争っていても仕方がないと、ルーベンスは条件つきで折れた。

そうして約束を交わした師弟は、すぐさまサリン王国へ旅立つのだった。

ウィニーで空高く舞い上がったフィンとルーベンスは、まずはベリエールの近くのヘリオット山を目指す。そこにウィニーを隠して、ミランダ姫と接触を持ち、チャールズ王子の幽閉先の情報を手に入れる作戦だ。

ヘリオット山には順調に着いたが、ウィニーを隠せる場所を探すのに手間が掛かった。

やっと人がとても来られそうにない崖の下に、雨露を凌げそうな洞窟を見つけたのだが、今度はウィニーが一緒にベリエールに行くと言い出した。

フィンとルーベンスから緊張を感じ取ったウィニーは、危険な地に赴く二人を守りたいと思ったのだ。

『ずっと姿を隠してフィンの側にいるよ』

『ベリエールには人が多いから、姿を隠してもウィニーとぶつかったりしたら気づかれてしまう。空を飛び続ける訳にもいかないしさ。それに、俺が呼んだらすぐに来てくれるだろう？　少しでも長く潜入しておきたいなら、魔力と体力を温存しなきゃ駄目だよ』

『言うことが聞けないなら、リンドンで待っていなさい』

『嫌だ！　リンドンからだと間に合わない。ちゃんと隠れているから、追い返さないで！』

ルーベンスに叱られて、ウィニーは渋々ベリエールに付いて行くのを諦めた。

ホッとしたフィンは、ウィニーの鞍を外そうとしたが、緊急に呼び出す場合に備えて付けたままの方が良いかもと考え込む。

「ねえ、師匠？　どうしたら良いかなぁ。一旦、この洞窟まで鞍なしで戻って、ここで付けても良いけど。もしチャールズ王子を乗せるなら、鞍がなきゃ無理かも」

「そうじゃのう。私達が馬やロバもいないのに鞍を持ち歩くのも目立つだろうし。かと言って、鞍を付けたままではウィニーは寛げないだろう」

　本来の竜は鞍など付けたりしないし、ウィニーも本当は鞍が嫌いだ。でも、フィンの近くに留まるためなら我慢しよう、と意を決した。

『鞍は付けたままで良いよ。そうだ！　どうせなら、ベリエールの近くまで送って行くよ』

　元々は鞍を外したウィニーに最低限の移動として山の麓まで送ってもらうつもりだったが、どんな状況なのかわからずに潜入するので、二人は機動性を重視してウィニーの申し出を受け入れた。

　ウィニーと二人は、姿を消したまま飛んでいき、ベリエールの郊外の木立の中にソッと降り立つ。

『ウィニー、ヘリオット山で、もし人が近くに来たら姿を隠すんだよ』

『わかってるよ。フィン、危険になったら呼んでね』

『呼ぶよ！　ほら、もう帰って！　夜になる前にベリエールに入って宿を探さなきゃいけないから』

姿を消したままの、ウィニーの顔があるだろう場所を撫でて、ヘリオット山に帰らせる。

ルーベンスとフィンは、そっと姿を現すと、夕闇迫るベリエールへ急いだ。

「なんだか活気がないね……」

去年の夏至祭に訪れた時は、ミランダ姫とチャールズ王子の婚約に浮かれていたベリエールの街が、どんよりと澱んだ空気に沈んでいる。

「去年も治安が悪くなったと感じたが、今年はそれ以上だな。殺伐としている」

フィンも、目つきの悪い連中が道端で酒を飲んでいる姿に気づいていた。よそ者を襲おうと画策しているのでは、と疑ってしまうほどの荒れた雰囲気だ。

「さぁ、宿へ急ごう！」

ルーベンスは定宿へ向かう。去年は荒れてしまった界隈にあるからといって行くのをやめたのだが、今回はそんなことを言っていられない。定宿なら、あれこれ詮索しないで泊まらせてくれるから都合もいい。

店に入ると、宿の親父が話しかけてきた。

「おや、久しぶりだなぁ。馬はどうしたんだ？」

「ここまで馬車に乗せてもらったのさ。前に連れて来たあの馬は脚を痛めてしまったのだ。夏至祭に間に合って良かったが……あまり、盛り上がってないようじゃの。ああ、そうだ。

この子は、弟子のフィンだよ」

　フィンを紹介し、宿をとったルーベンスは、早速カウンターで酒を飲みながら、親父からベリエールの情報を仕入れる。

「あんた、吟遊詩人のくせして情報が遅れているなぁ。今年の夏至祭は、湿っぽくて稼ぎにならないかもしれないぜ。大きな声では言えないが、チャールズ王子は……」

　宿の親父は、キュッと親指を首に当てて横に引く。フィンは、庶民までチャールズ王子を見放しているのか、と暗澹たる気持ちになった。

　チャールズ王子は敵国の王子ではあるが、カザフ王国の策略に腹を立てていた様子などを見て、正義感の強い人物だとフィンは好感を持っていた。

「ああ、フィン。荷物を運んでおきなさい」

　思い出したように師匠から指示されて、フィンは鍵を受け取り、担いできた荷物を二階の部屋に持って上がる。

「げっ！　これで掃除してあるの？　師匠ももっとまともな宿に泊まればいいのに」

　あてがわれた部屋は埃っぽく、薄汚れていた。

　フィンはノミでもいたら大変だと、すぐに掃除に取り掛かった。

　シーツを一旦外してベッドの上に手を置き、埃や綿クズなどを部屋の外に魔法で移動させる。

ルーベンスの弟子見習いになった頃は、本棚の板ごと移動魔法を掛けてしまったフィンだが、今では軽々とやってのける。

「このシーツ、ちゃんと洗ってないよね〜」

師匠をこんな不潔なベッドに寝させられない。フィンは外したシーツを持って厨房へ向かう。

「おや？　何か用かい？」

厨房では、中年の女中が盛り上がっていない夏至祭のためのご馳走を準備していた。掃除は今ひとつだが料理は上手そうだと、フィンは鼻をひくひくさせる。

「今夜から泊まるんだけどさぁ。このシーツ、汚れているよ。洗ったシーツがあるなら、俺が替えるから出して」

「おや、まぁ！　悪かったねぇ。今までいた小僧と女中が急に辞めたから、手が回らなかったんだよ。ここんところ不景気で、親父さんがケチるから、新しい人を雇えないのさ」

そう言いながら、厨房の横の戸棚から洗ったシーツを出してくれる。

フィンは、不景気なのに小僧と女中が辞めたのかと不思議に思う。税金が払えなくて職探しをした頃の苦労を思い出したのだ。女中ならいざ知らず、小僧を雇ってくれる所は少ない。

「二人揃って辞めるだなんて、そんなに親父さんはケチなのかい？　師匠は、夏至祭の間ここで演奏して儲けるって言ってたけど、よそに移った方が良いかもね」

「ちょいと待っておくれよ！　あんたは吟遊詩人の弟子なのかい？　あっ、あのお爺さんがやって来たんだね。なら、もっと料理を追加しなきゃいけないねぇ。よそに移るだなんて言っちゃあ駄目だよ。あの唄が聞けるなら、やっと夏至祭らしくなるってもんさ！」

酒場のカウンターで飲んでいる吟遊詩人をチラリと見て、女中は急いで芋や人参をシチューの中に追加する。

「師匠は、どの宿でも客を楽しませるさ。こんな小僧や女中に逃げられるような宿でなくても良いんだよ」

フィンは、小生意気な弟子を演じる。何故不景気なのに二人揃って辞めたのか、聞き出したいと思ったのだ。魔法使いの勘が、何か変だと告げている。

「あの小僧と女中は、親戚の叔父さんが急にやって来て連れて行ったのさ。あまり気が利く二人じゃなかったけど、いなくなられて私はてんてこ舞いなんだよ。よそで働くために辞めたんだから、この宿に問題があった訳じゃないさ！」

「夏至祭の前に辞めたの？　夏至祭のお小遣いももらわないなんて馬鹿だよねぇ」

「そういえば、そうだね。ほら、シチューは芋を入れたばかりで煮えてないから、ミルクとパンでも食べなよ」

どうやら宿を移る気はなさそうだと安心した女中は、シチューをかき混ぜながら話す。

フィンは、厨房の椅子に座り込んで、女中が出してくれたミルクとパンを食べながら、もう少し話を聞き出すことにした。

「へぇ、その女中と小僧を連れに来た叔父さんって人は、もっと良い雇い主を紹介したんだねぇ。良いなぁ、俺にはそんな叔父さんがいないからなぁ。羨ましいよ」

「そんなことを言うもんじゃないよ。あんたは、あんなに唄の上手い吟遊詩人の弟子なんだろ。ちゃんと修業して、立派な吟遊詩人になるんだよ」

「俺はあんまり吟遊詩人に向いてない気がするんだ。それに、できたら一ヶ所に定住したいんだよねぇ。小さくても良いから農地を手に入れて、畑仕事をしたいなぁ。でも、それには元手がいるだろ？　あのさぁ、小僧や女中の新しい就職先で、俺も雇ってくれないかなぁ？」

吟遊詩人の真似よりも農作業の方が好きだというのはフィンの本音だ。実感がこもった言葉に、小母さんもすっかり信じ込む。

「旅から旅の生活も辛いもんかもしれないねぇ。でも、私は何だかあの叔父さんの言う良い働き口ってのは、怪しいと思ったんだ」

フィンは、小母さんが話に食いついたことに内心でほくそ笑んだが、素知らぬ顔で「何が怪しいのさぁ？　あっ、小母さんも羨ましいの？」と尋ねる。

「羨ましい訳なんかないさ！　よく覚えておきな、この不景気な世の中に、そう旨い話は転がってないんだよ。女中の子――ハンナにもそう言って聞かせたんだけど、なんでも貴族様のお屋敷に奉公できるとかで舞い上がっちまって、聞く耳を持たなかったのさ。そういえば、親戚の叔父さんってのも何か怪しかったね。妙に急いでいたし。どこぞの女郎屋に売られたんじゃなければいいけどねぇ」

　そろそろ客が来る時間なので、フィンは小母さんに礼を言って、シーツを持って部屋に上がる。

　小母さんは、叔父さんの住んでいる場所も新しい雇い主も知らなかったが、女中と小僧の親の家は知っていた。成果は上々だ。

　部屋にはルーベンスがいて、顔をしかめていた。

「なんじゃ、この部屋のありさまは？」

「あっ、師匠！　シーツが汚かったんで、新しいのをもらってきたんだ。急に女中と小僧が辞めたんだと厨房の小母さんは言っていたけど、何か怪しいんだよぉ。夏至祭のお小遣いももらわないで、急いで他の雇い先に移るだなんて変じゃない？」

　フィンは、マイヤー夫人に仕込まれたベッドメイクを手早く済ませながら、この宿の謎を伝える。ルーベンスも何かが引っかかった。

「妙な話だ。その親戚の叔父さんとやらの身元が探れたら、このもやもやした気分も晴れるかもしれないが、今は吟遊詩人の営業が優先だ。夜になったら、カザフ王国の大使館を探るつもりだから、サッサと切り上げたい」

「なら、お酒を飲み過ぎないでくださいね」

口うるさい弟子にルーベンスは眉を顰めたが、フィンの言う通り、今夜は酒を控えようと思った。


ベリエールの人々は、チャールズ王子が幽閉されたと知ってから、複雑な感情を持て余していた。

「なんでも王様を麻薬漬けにして、自分が王位に就こうとしていたんだってさ」

「でも、チャールズ王子はジェームズ王の跡取りなんだろ？ そんなことしなくても……」

「去年の夏至祭は、カザフ王国のミランダ姫と婚約だってんで賑やかだったのによう。チャールズ王子が廃嫡されたら、どうなるんだ？」

「そんなことをお前が心配しなくても良いのさ。それより、こう湿っぽくては夏至祭らしくないなぁ」

そんな中、荒んだ雰囲気の街角にある宿屋から、陽気な夏至祭の音楽が流れてきた。

鬱々とした気持ちを吹き飛ばすような音楽に魅せられて、ベリエールの人々はルーベンスの定宿へ向かう。

「やっぱり、あんたがいると夏至祭らしくなるなぁ。あの弟子もなかなかやるじゃないか」

次々とリクエストに応えていたルーベンスは、簡単な曲をフィンに演奏させて、カウンターでお酒を飲みながら主人と話している。

「今夜は旅で疲れたから、あまり遅くまでは唄いたくないんじゃ。私も年には勝てんからなぁ」

「ええっ、こんなに盛り上がっているのに殺生なことを言うなよ。さぁ、ここに上等な酒があるんだ」

定宿の主人は、酒に目がないルーベンスの弱味につけ込むが、今回はただの潜入調査ではない。チャールズ王子の救出がかかっている以上、流される訳にはいかなかった。

「それを一杯だけ頂こう。しかし、今夜はもうお終いだよ。これから夏至祭が終わるまでいるのだから、お前さんもたんまり稼げるだろ」

それが嫌なら出て行くぞと、青い瞳で睨みつける。

親父は、慌てて「それで結構！」とカウンターの下から上等な酒を取り出して、コップに注ぐ。

「師匠があのまま酔っ払っちゃうんじゃないかと心配しちゃいましたよ」

「生意気(なまいき)なことを言うな！　それより、辞めた女中と小僧について何か情報は仕入れたのか？」

早めに部屋に引き上げたフィンとルーベンスは、お互いに情報を交換する。フィンは、手が足りていない厨房の小母さんの手伝いをして、かなり聞き込んでいた。

「名前はハンナとヨハン、姉弟なんだって。何だか名前の語呂(ごろ)が良いよねぇ。ベリエールの下町に実家があるみたいだよ」

フィンは、師匠に実家よりも勤(つと)め先の貴族の方が知りたいのだと睨まれて肩を竦(すく)める。

「あっ、叔父さんが仕(つか)えている貴族の名前がわかったよ。これは、小母さんじゃなくて、宿屋の主人が教えてくれたんだ。なんと、あのワイヤード卿なんだって！　チャールズ王子が幽閉されたのに、よく無事に逃げられたねぇ。でも、こんな時期に新たに使用人を雇うなんて怪し過ぎるよ」

「怪しいどころか、ぷんぷん臭うぞ！　ワイヤード卿に敵国側の私達がチャールズ王子を救出しようとしていると話しても信用されないかもしれんが……ミランダ姫と話す必要があるのう」

きっとチャールズ王子の教育係だったワイヤード卿は、王子が無実の罪を着せられたことに怒りを感じて、救出作戦を練っているのだろうと、フィンとルーベンスは推察した。

「ミランダ姫と話し合うと言っても……カザフ王国の大使館に手紙を送るのは難しいよ」

「当たり前じゃ！　しかし、何とか連絡を取らなくてはのう。ビビアン・ローズの手紙は侍女に出させたのだろうし、ミランダ姫に直接は会えなくても、侍女になら……」

「あっ、ミランダ姫付きの侍女の顔なら覚えているよ。俺を宿までつけて来て、気まずい顔をしていたブルネットの娘だよ」

去年の夏至祭で王宮に呼ばれた時に、ミランダ姫の侍女達とは召使いの控え室で顔を合わせていた。ルーベンスはその後王宮の探索をしていたが、フィンは一緒にご馳走を食べて、ある程度仲を深めたのだ。

「そうじゃのう、侍女ならベリエールの街に出ることもあるだろう」

とはいえ、いつその侍女がお使いを頼まれるかはわからない。

「ミランダ姫はどの程度の魔力を持っておるのか？　ミランダ姫の居場所を特定できれば、手紙を送り届けることもできるのじゃが……」

弟子のフィンならどこにいても感知できるが、去年一度会っただけのミランダ姫の居場所を感じ取れる自信はルーベンスにはなかった。それに、探索の魔法をかければ敵に見つかる危険もある。何故なら、カザフ王国の大使館にはゲーリックがいるかもしれないからだ。

「しかし、他に確かな手がないことも事実……。まずは、カザフ王国の大使館を探ってみるか……こら、フィン！　落ち着きなさい。あやつがいるかどうかもわからないのだからな」

親の仇（かたき）であるゲーリックが話に出ると、フィンは冷静さを失う。この弱点がいつか悪い方に作用するのではないかと、ルーベンスは心配していた。

「それは……わかっています」

大きく深呼吸して、フィンは気持ちを落ち着かせた。

ミランダ姫を探す前に、邪魔者がいないかルーベンスはベリエール中を探索する。

フィンは、ゲーリックがいて欲しいのか、そうでないのか、自分の気持ちがわからず苛々（いらいら）しながら待つ。

「どうやらゲーリックはいないようだ。これなら、侍女が出て来るのを待たなくても、ミランダ姫と連絡が取れるかもしれんな」

「いないのか……てっきり、チャールズ王子が幽閉されたのはゲーリックの策略だと思ったけど……痛い！　師匠、何をするのですか？」

ペシンと頭を小突（こづ）かれてフィンは大袈裟（げさ）に騒ぐ。

「ちょっとはその頭を働かせろ！　ゲーリックはフレデリック王の子飼（こが）いの魔法使いだぞ。娘のミランダ姫とチャールズ王子を結婚させてサリン王国を乗っ取るつもりなのに、王子を幽閉させたりするものか！　きっと他の奴の仕業（しわざ）だ」

そう言われてフィンは、カザフ王国には大勢の姫だけでなく王子がいたのも思い出した。

「でも、そんなことをしたらフレデリック王が怒るんじゃないの？　怖い王様だと噂されているけど……。師匠は、王に会ったことある？」

「若い頃のフレデリック王を遠くから見ただけだ。カザフ王国の王宮には近づけなかったのでな……そうじゃのう、フレデリック王はもうかなりの高齢のはずだな」

魔法使いは年を取りにくいし、その中でもルーベンスは怪物並みの長寿を誇っているから忘れがちだが、普通の人間であるフレデリック王は人生の終盤に差し掛かっている。

「この陰謀の裏では、いずれかの王子が糸を引いているのかもしれぬな。カザフ王国の大使は、そちらについたのか？　それとも関係していないのか？」

「えっ、カザフ王国の大使が陰謀に加わっているなら、ミランダ姫も危険じゃないの？」

「まだチャールズ王子と結婚した訳でもないし、他の国に嫁がせたり、貴族に褒美として結婚させる駒にもなる。ミランダ姫には手を出さないだろう……しかし、それもあの跳ねっ返り姫が余計なことをしなければの話だ」

フィンは、あれだけ行動的なミランダ姫が、大人しくしているだろうかと心配になる。散々迷惑を掛けられた相手だが、女の子には危険な目に遭って欲しくないというお兄ちゃん気質が発動してしまうのだ。

「ねぇ、師匠！　カザフ王国の大使館を調べに行こうよ！　ゲーリックがいないなら、何とかなるんじゃない？」

ルーベンスは、軽率に敵国の大使館に忍びこもうと言い出したフィンに呆れて、兎も角状況を把握しようと言い聞かせた。

## 十　ミランダ姫とフィン

「夏至祭が近いというのに、静かなもんじゃのう。これでは目立ってしまう。フィンも姿を消しなさい」

去年は夜でもそぞろ歩きする人で溢れていたベリエールの街だが、今年は店も早々に閉まり、酔っ払いすら歩いていない。

師匠がスッと闇に姿を隠したのを真似て、フィンも空気の隙間に身を隠す。

（カザフ王国の大使館に忍び込めないかな？　ミランダ姫に事情を詳しく聞きたいんだけどなぁ）

そんな甘い期待はすぐに打ち砕かれた。大使館の前には警備兵が槍を持って立っていたし、グルリと裏手に回ってみたが、そこにも兵士が立っていた。

大使館から少し離れた建物の陰で、ルーベンスとフィンは姿を現す。

「流石に大使館には忍び込めんな。だが、ミランダ姫の居所ぐらいは感知できるだろう」

「師匠、俺にやらせてください。師匠よりミランダ姫と親しいし……それに、俺に助けを求めてきたんだから」

大使館に魔法使いがいないことは宿で確認していたので、ルーベンスはフィンに任せることにする。少しずつ、実地訓練をしていこうと考えたのだ。

「慎重に探るのだぞ。朝日に光る蜘蛛の巣のように探索の網を広げてはいけないぞ」

師匠に言われなくても、敵国での探索なのだから、フィンも慎重にミランダ姫の居場所を調べる。

（ミランダ姫……大使館の中にいるのは確実だな……。この時間なら寝室か、自分の部屋かな？）

大使館の窓からは灯りが漏れていて、まだ寝ていない人がいるのがわかる。

「見つかったか？」

「まだですよ、師匠が慎重に探索しろと言ったから……」

お姫様がどんな生活をしているのかフィンは知らないが、領主の息子のファビアンの部屋が二階にあったので、一階ではないだろうと当たりをつける。まずは灯りがカーテンから漏れている部屋から探し始めた。

ルーベンスは、自分で探索すればすぐ終わるのにと苛つくが、これも指導の一部だと我慢する。

フィンは、師匠から無言のプレッシャーを受けながら、呼吸を整えて目当ての部屋へ探索の網を広げていった。

(ミランダ……うっ、これはおじさんだよなぁ……ミランダ！　いたぁ！)

侍女を下がらせて、どうやってチャールズ王子を救出するか部屋で作戦を練っていたミランダは、ハッと占いのカードを並べていた手を止める。

(まさか、フィン？)

助けを求める手紙をサリヴァンへ出したものの、彼女はカザフ王国の敵国であるシラス王国の密偵が本当に来てくれるとは期待していなかった。

ミランダは勘は鋭いが、遠くの人と話せるほどには魔力が強くないし、訓練も受けていない。それでも大使館の外にフィンがいることは感じられた。

(この部屋がわかれば、魔法使いならどうにかできるかしら？)

間違えて大使の部屋や、お付きの貴族の部屋に侵入したら台なしだ。ミランダは、燭台を持って窓に近づく。

夏でも涼しいベリエールなので、夜には重たく感じる緞子とレースのカーテンを二重に閉めていたが、ミランダはソッと開けて燭台を振って合図した。

(これでわからなければ、とんだマヌケね！)

あまり長い時間カーテンを開けたまま外を見ていたら、門番達に変だと勘ぐられるかもしれないので、ソッと窓際から離れる。

（お願い！　フィン！　助けて！）

大使はあてにできないからと、あれこれ情報だけは仕入れたが、お姫様であるミランダは、大使館から外出することすらままならない。

侍女に化けて抜け出すことも考えたが、チャールズ王子の幽閉先がわかったからといって、自分一人だけで救出するのは無理なのだ。

ベッドに腰を掛けて、ミランダはフィンが何らかの方法で接触してくれるのを待った。

「やぁ、ミランダ姫」

突然、部屋の真ん中にフィンが姿を現した。

「まぁ！　フィン！　部屋に来るなら来ると、一言断るのがマナーよ」

望んでいた来訪ではあるが、あまりに唐突に乙女の部屋へ侵入したフィンをミランダは睨みつける。

夜着の上に羽織っているガウンをかき合わせて頬を染めるが、フィンはその反応を理解できないと肩を竦めた。

「こら！　いきなり移動魔法で飛び込む奴がいるか！」

弟子を追いかけてルーベンスも姫君の寝室に現れた。

「だって……あれっ？　来てはいけなかったの？」

それを聞いて溜め息をついたミランダは、乙女の慎みやマナーなどは一旦棚上げして、一番重要な話をするべく気持ちを切り換える。我が儘なミランダだが、ある意味でフレデリック王の実務能力を引き継いでいた。

「フィン！　チャールズ様はマンドリル伯爵の屋敷に幽閉されているわ。マンドリル伯爵は、きっと兄のルード王子と手を組んだのよ。多分、大使も……なぜなら、父王は……」

そこまで言ってミランダは言葉を詰まらせる。

母親を殺した父王だが、やはりミランダにとって最大の後ろ盾なのは変わらない。敵国の密偵に、父の寿命が尽きようとしているとは告げにくかった。

しかし、元々好意すら抱いていない兄のルード王子の情報は早々に開示した。

「大使は既にルード王子と手を結んだのですか？」

ルーベンスは、ミランダが言うまでもなくフレデリック王が病気なのではないかと察していたので、それには踏み込まない。時間がないので核心だけ尋ねる。

「まだ気持ちを決めかねているとは思うの。でも、チャールズ王子を救出する気もないのよ。このままでは北からモンデス王国の侵略を許すかも……大使の気持ちは理解できないわ」

自国の王が病を得て、後継者が誰とも決まっていないのだ。出先の大使は、自国の情勢を探りながら自分の立ち位置を模索しているのだろうとルーベンスは頷いた。

「マンドリル伯爵は何故……」

フィンには自国の王子を貶めて、他国の有利になるような策謀に手を貸す貴族が存在することが理解できない。

怒りに燃える緑の瞳が、ミランダには少し羨ましい。助けを求めた相手であっても、祖国の不利益になる情報までは明かさない自分が不誠実な女に思える。

「マンドリル伯爵には、元々カザフ王国の手が伸びていたの。でも、こんな風にチャールズ王子を裏切るとは考えていなかったわ。私が王宮に嫁いだら、取り巻きの貴族になるはずだったと思うとゾッとするわ！」

まだミランダ姫は潔癖な気持ちを持っていると、ルーベンスは安心した。そして件のマンドリル伯爵を、金と権力に群がる虫みたいな者だと頭の中で罵る。

その時、何者かがドアをノックした。

フィンとルーベンスは、咄嗟に空気の層に身を滑りこませる。

「ミランダ姫様……」

ノックの主は侍女だった。

「何？　呼んでいないわよ」

「お眠りになれないなら、何か持ってきましょうか？」

ミランダは大事な話の邪魔をされて苛々したが、平静を装って侍女を追っ払うことにする。

「そうね、ホットココアでも飲めば眠れるかもしれないわ。チャールズ様のことが心配で眠れないの……貴女も何か様子を知らない？」

「さぁ……私どもには……」

恋するお姫様に同情した侍女は、素直にホットココアを淹れに去っていった。

「連絡はどうやって取れば良いの？」

侍女がいなくなった途端、パッと姿を現したフィン達に、ミランダは素早く尋ねる。

「俺達は……」

泊まっている宿を迂闊に教えようとしたフィンの口をルーベンスは塞ぐ。それから、さっと部屋を見渡し、ベッドサイドに置いてある鍵付きの小箱に目を留めた。

「その小箱に手紙を置いてください。こちらからの手紙もその小箱に送ります」

そう言い捨てると、むぎゅむぎゅ抵抗しているフィンを連れて、ルーベンスはベリエールの闇へ消えた。

（フィンの顔！）

去り際のフィンの様子を思い出して、クスクスとミランダは笑った。

フィンが来たことで、チャールズ王子が冤罪で捕まってから初めて、ミランダはぐっすりとベッドで休むことができた。

# 十一　行き当たりばったりの作戦

ルーベンスとフィンは定宿に戻って、どうやってマンドリル伯爵邸に幽閉されているチャールズ王子を救出するか頭を悩ませる。

「できるだけサリン王国の人間が救出したように見せかけた方が良いのだが……。ワイヤード卿は、この宿の女中と小僧をマンドリル伯爵邸に雇わせるつもりなのだろうなぁ。それを上手く活用できれば、内情を調べられるのだが……」

「俺がヨハンと入れ替わってマンドリル伯爵邸に勤めるというのはどうかな？　賄(まかな)いの小母さんの話だと年格好は似ているみたいだし、ヨハンはどうも気働きなんかできそうにない感じの男の子みたいだからさぁ。マンドリル伯爵に雇わせても、チャールズ王子を救出するどころか、情報も上手く探れないと思うよ」

ルーベンスも、ワイヤード卿の作戦が上手くいきそうにないという意見には同感だ。

このあまり上等とは言えない宿屋の女中や小僧を密偵として送り込んだところで、有用な情報を手に入れられるとはとても思えない。

確かにフィンなら普通の少年に見えるから……とそこまで考えたルーベンスは、ハッと

「ワイヤード卿はお前の顔を去年の夏至祭で見ているぞ。国境まで私達を探索する命を出したぐらいだ。私達をシラス王国かカザフ王国の密偵だと疑っているはずだ」

「駄目だ！」と叫ぶ。

「じゃあ、さっきみたいにマンドリル伯爵邸の外から探索して、チャールズ王子の居場所へ魔法で移動するのは？　チャールズ王子を連れて魔法で移動すれば、救出も簡単だと思うけど……痛い！」

師匠に拳骨を落とされて、フィンは頭を擦る。

「少しはその頭を使わぬか！　チャールズ王子は幽閉されているのだぞ。監視の騎士がいるに決まっているではないか！　それに、チャールズ王子が私達を信頼するかどうかもわからぬ」

フィンは、ううんと唸る。武術に優れていそうなチャールズ王子に抵抗されたら、無理やり魔法で移動させるなんてできそうにない。

「そうだ！　婚約者のミランダ姫の手紙をチャールズ王子に届ければ良いんじゃない？　俺がヨハンと入れ替わって、チャールズ王子に手紙をこそっと渡すんだよ。その手紙に救出の作戦を書いておくんだ」

名案を思いついたと得意げなフィンに向かって、ルーベンスは溜め息をつく。

「だから、お前の顔はワイヤード卿にバレていると言ったじゃろう」

「それはわかってるよ。でも、ワイヤード卿は、俺がシラス王国の魔法使いだとまでは知らないんだよね。ミランダ姫にカザフ王国の密偵だと嘘をつかせて、ワイヤード卿にチャールズ王子の救出の手伝いをさせると推薦してもらうんだよ。まぁ、本当に救出する訳だし、まんざら嘘でもないよね」

ルーベンスには、どうも行き当たりばったりの計画に感じられるが、確かにワイヤード卿がチャールズ王子を救出した方が後々のサリン王国で面倒が少ない。

ベリエールに来るまでは、緊急事態になったらチャールズ王子をウィニーでシラス王国に亡命させようかとも考えていたが、それではモンデス王国でこの陰謀を紡いでいるルード王子を喜ばすだけだ。

後継者がいなくなったサリン王国には、麻薬漬けのジェームズ王だけが残ることになる。そうなったら、サリン王国は容易くモンデス王国に併合されてしまうかもしれない。

「サリン王国をモンデス王国に明け渡す訳にはいかぬし……」

フレデリック王が病を得て、各国に派遣されていた王子達の壮絶な後継者争いが幕を開けた。貧しい北国のモンデス王国に派遣されたルード王子は、少しでも有利に進めようと、サリン王国を支配下に置こうとしている。

ルーベンスの脳裏には、巨大化したカザフ王国とその支配下にある国々の地図がビリビリに引き裂かれていくありさまが浮かんだ。

（カザフ王国の分裂は、シラス王国にとって有益なのか？　それとも嵐の時代の幕開けなのか？）

敵国に囲まれながらも、アシュレイの掛けた防衛魔法に護られたシラス王国は、三百年の間どうにかこうにか平和を保ってきた。

その間にカザフ王国は着々と力を付け、フレデリック王の治世になってからは、次々に小国を併合したり、婚姻を利用したりして支配を広げてきた。

しかし、フレデリック王がいなくなった後、その巨大化した国土はどうなるのか？

ルーベンスは、狡賢い銀狐と罵られたフレデリック王の子ども達が、親よりも悪辣でなければ良いがと願った。

ルーベンスが物思いに耽っている間に、フィンは自分なりのチャールズ王子の救出計画を練っていた。

「まずはミランダ姫に、ワイヤード卿に宛てて、俺をヨハンの代わりに潜入させるように推薦する手紙を書いてもらう。それでマンドリル伯爵邸に雇われたら、チャールズ王子にミランダ姫の手紙を渡す。あとはワイヤード卿に、チャールズ王子が幽閉されている場所を教えて、救出作戦を実行してもらうんだ！　やったね！　これなら夏至祭までにはウィニーとシラス王国に帰れるよ！」

気楽そうに笑っているフィンに、ルーベンスは頭が痛くなる。

「そんな簡単にいくものか！　居場所を教えたところで、ワイヤード卿の救出作戦が上手くいくとは限らないぞ。それに、マンドリル伯爵も易々とチャールズ王子を渡す気はないはずだ。激しい戦いになるだろう」

「そうかもね。でも、いざとなったらチャールズ王子を魔法で移動させるよ」

ルーベンスは、チャールズ王子ではなく、フィンが戦闘に巻き込まれるのを心配しているのだ。さっぱり理解してくれない弟子に、ひときわ大きな溜め息をついた。

「それに……チャールズ王子を救出した後を考えてワイヤード卿は作戦を練るだろうから、いつ決行されるかもわからない。ウィニーを一旦シラス王国に帰した方が良いかもしれないな」

「チャールズ王子の救出後を考えるから、作戦決行が遅くなるってどういうこと？　よくわかんないや」

「ワイヤード卿がジェームズ王の命で幽閉されたチャールズ王子を、マンドリル伯爵邸から救出するという意味を考えてみなさい。これは、クーデターだぞ。王命に逆らうのだからな」

フィンは、クーデターという言葉の強さに驚いた。

「でも、チャールズ王子は無実だから、幽閉されるのが間違っているんでしょ。別にワイヤード卿は、ジェームズ王の退位を求めている訳じゃ……。でも、麻薬漬けの王よりは、

「自分が教育したチャールズ王子の方が良いよね……まさか、ジェームズ王を……」

親子で争うだなんて、カリン村の農家で育ったフィンには理解できなかった。ルーベンスは、王家の歴史はどこも身内の血で汚れているものだ、と肩を竦める。

「チャールズ王子とワイヤード卿が何を考えているかは知らぬが、ジェームズ王をこのままにしておけばサリン王国の命運は尽きる。カザフ王国の被支配国になる前に、モンデス王国の属国に成り果ててしまう」

フィンは、ビビアン・ローズの手紙を開けたことを再び後悔した。他国のクーデターに巻き込まれるとは考えてもみなかったのだ。

「フィン、ジェームズ王をどうするかは、チャールズ王子やワイヤード卿に任せるしかない。まずは、幽閉先から救出することだけを考えよう。後のことは、サリン王国の問題じゃ」

悄気(しょげ)ているフィンをルーベンスは慰める。

行き当たりばったりの計画だが、他に有効な手もない。

ミランダ姫にフィンをワイヤード卿に紹介してもらい、チャールズ王子が幽閉されているマンドリル伯爵邸を調べることに決めた。

「ミランダ姫はワイヤード卿と連絡を取れるかのう？　チャールズ王子の教育係だった以上、ワイヤード卿も表立っては行動できない立場になっているはずだからなぁ」

もし駄目ならその時はその時だと諦め、ルーベンスはミランダ姫の寝室の小箱に、フィンをワイヤード卿に紹介するようにと書いた手紙を送り届けた。

「フィンをマンドリル伯爵邸に潜入させるのね！　幽閉されているチャールズ王子の様子がワイヤード卿に伝われば、救出作戦も立てやすくなるはずだわ。ワイヤード卿とは、どうやって連絡を取れば良いかしら……そうだわ！　ワイヤード卿の妹は、キャラハン男爵夫人だったわよね。彼女になら手紙を渡せそうだわ」

ミランダ姫は、潜伏中のワイヤード卿とどうにか連絡を取って、フィンをヨハンの代わりにマンドリル伯爵邸に潜入させる手配をつけた。

ワイヤード卿にとって、カザフ王国のミランダ姫が推薦する密偵を信用するのは大きな賭けだったが、部下が連れてきたハンナとヨハンでは情報を手に入れるのは困難だと感じていたのもあり、乗ることにした。

「カザフ王国はどうやら一枚岩ではないようだな……。ならば、ミランダ姫だけでも味方につけておくのが得策だ。それに、ミランダ姫のチャールズ王子への愛が本物ならば、この婚姻は我が国にとっての好機になる。いつまでもカザフ王国の良いようにはさせないぞ！」

ミランダ姫が将来産むであろう王子はカザフ王国の継承権も持つ。ワイヤード卿は、今までのカザフ王国の遣り口を逆手にとってやろうとほくそ笑んだ。

しかし、まずはチャールズ王子を救出して、麻薬漬けのジェームズ王を退位させるか、少なくとも隠居させなくてはならないのだ。将来の野望など思い描いている場合ではない。チャールズ王子派の貴族を増やすことも同時に進行させ、クーデターの成功率を高めなければならないのだった。


定宿にヨハンの親戚と名乗る男が現れ、フィンに貴族の屋敷で働く口を斡旋した。

賄いの小母さんは「やめときな！　……こんなに使用人を急に雇い入れる貴族なんて、何だか怪しいよ」と忠告する。

「大丈夫だよ！　酷い雇い主だったら、隙を見て逃げて来るから」

「ああ、そうするといいよ……お金で命は買えないんだからね」

フィンは、掃除は苦手そうだが、美味しいシチューを作ってくれた小母さんに、丸々と太った鶏を分けてもらう。

「料理しなくて良いのかい？」

怪訝そうな小母さんに、フィンは就職が上手くいくように捧げ物にするのだと言って誤魔化す。

変な習慣だねぇと首を傾げる小母さんに、本当は竜に捧げるんだけどねと内心で謝った。

鶏の入った袋を持って、二階の部屋に帰ってきたフィンを見つめて、ルーベンスは眉を顰める。

「くれぐれも無理をするでないぞ……やはり、この計画は危う過ぎる。もし、シラス王国の魔法使いだとバレたら命の危険に晒されるのだぞ。……そうだな、今からでも遅くない。別の方法を探すべきか」

ルーベンスは、ワイヤード卿と繋がりを持ててからも、フィンをマンドリル伯爵邸に潜入させるのを渋っていた。一度は作戦を承諾したものの、やはり不安なのだ。

「そんなぁ、今更！　それより、マンドリル伯爵邸に潜入したらウィニーと連絡できなくなるから、一度ヘリオット山で会っておきたいな。鞍を外してブラシを掛けてやりたいし、餌もあげなきゃ」

ヘリオット山まで行って帰るのは半日仕事だなぁ、と頭を悩ませているどこか呑気なフィンのことが、ルーベンスは心配でたまらなくなる。

「よく見て覚えるのじゃぞ」

フィンの腕を掴むと、ヘリオット山の洞窟へ魔法で移動する。普段はこんな長距離の魔法移動をしないのだが、いざとなった時、フィンだけでもウィニーと逃げられるように手本を見せようと考えたのだ。

『フィン！』

ヘリオット山の洞窟でうとうとしていたウィニーは、突然現れたフィンに驚く。

『ウィニー、会いたかったよ』

フィンはウィニーの鞍を外して、餌を与える。

『頑張れば俺でもここまで魔法で移動できそうだから、鞍は外しておくよ。でも、本当はシラス王国に帰った方が良いかもしれないんだ。思っていたより長く、ベリエールに滞在することになりそうだからね』

美味しそうに鶏を食べていたウィニーは口を止め、駄々をこねる。

『絶対、フィンを置いてはシラス王国に帰らない！』

ルーベンスは、チャールズ王子を救出した後のゴタゴタにはフィンを関わらせたくないと考えていたので、ウィニーをヘリオット山に残すのには賛成だった。流石に国境まで魔法で移動するのは無理だからだ。

『時々、私が餌を運んでやろう』

『でも師匠、こんな洞窟でずっと待っているより、リンドンの竜舎の方が……わかったよ』

『フィンと一緒に帰る！』

ウィニーにズシンと頭突きされて、フィンは了承する。こうして、フィンはヨハンの代わりにマンドリル伯爵邸に潜入することになった。

# 十二　ワイヤード卿とフィン

フィンはヨハンの親戚の男に、ワイヤード卿が潜伏している屋敷まで案内された。

その一室でワイヤード卿と面会する。

「やはり、君はカザフ王国の密偵だったのだな」

フィンは勘違いしているワイヤード卿に一応否定する。

「違いますよ。俺は吟遊詩人の弟子です」

表向きでそう名乗っていることはわかっていると、ワイヤード卿は手を振って黙らせる。

それから、フィンは早速気になっていることを確認する。

「俺がマンドリル伯爵邸に雇われるのは良いんだけど、ヨハンはどうなるのかな？　こんなに不景気なのに宿屋を辞めちゃったから困るんじゃないかなぁ」

サリン王国の重大な局面に、小僧の職まで心配していられないとワイヤード卿は苛ついたが、フィンの強い視線に負ける。

「この件が落ち着いたら、私の屋敷で下働きとして雇うから安心したまえ」

そう約束したワイヤード卿は、今回フィンと一緒にマンドリル伯爵邸に女中として雇われる、ハンナを呼び出した。

「金髪のハンナと茶色の髪のフィンが姉弟で通るだろうか？」

ワイヤード卿は、二人が姉弟に見えないと困ると、眉を顰める。

「叔父さん……どういうことですか？」

ハンナは弟と一緒にマンドリル伯爵邸に雇われるものと聞いていたので、事態が呑み込めず親戚の叔父さんの顔を見てオドオドしている。

ハンナの叔父はワイヤード卿の問いに答える。

「髪を金髪に染めれば、姉弟で通るでしょう。ハンナ、ヨハンはワイヤード卿の屋敷で勤めることになったのだ。このフィンがお前とマンドリル伯爵邸に雇われるのだよ」

「なんで？　ヨハンと一緒の方が良いのに……」

ハンナは可愛いけど、頭の回転は速くなさそうだ。一度決まったことが変更されたのが、なかなか受け入れられない。

大人達は、そんなハンナの不安など無視して話を進めているが、フィンは初めから不信感を抱かれるのはまずいと感じ、フォローを入れる。

「ヨハンはワイヤード卿に気に入られたから、俺にチャンスが巡ってきたんだよ。ハンナが勤めていた宿に旅の吟遊詩人の弟子として泊まっていたんだけど、俺はどうも吟遊詩人には向いていないから、何か定職に就きたいと話していたんだ。ヨハンとは違うけど、弟だと思って色々と教えてくれないかなぁ」

下手に出られると、面倒を見てやりたくなるのが人情だ。元々単純な性格のハンナは「任しておいて」と微笑む。

金髪に染める薬品をワイヤード卿の部下が手に入れてきたので、フィンは早速、ハンナに手伝ってもらって髪を金色に染める。

「お洒落な貴婦人達は金髪に染めたりすると聞いたことがあるけど、男の子のフィンが何で染めなきゃいけないの？　変なの」

「さぁね。一応、ハンナとヨハンの姉弟で雇われることになっていたからかもね。俺は、旅の吟遊詩人の弟子だから、誰も身分を証明してくれないんだ。素性が怪しいとお貴族様は雇ってくれないかもしれない……」

ハンナは、フィンの自分を卑下する言葉にすっかり同情した。

「そんなぁ。フィンは良い子なのに……。いいわ、私の弟として面倒を見てあげる。ほら、もう金髪になっていると思うわ。流すから、頭を出して！」

金に染めた髪をタオルで拭いて、クルクルした巻き毛を整えようとハンナはブラシで引っ張る。

「痛い！　ハンナ姉さん、痛いよ」

収まりの悪いフィンの巻き毛が金色になると、前よりも幼く見える。

「こうして見ていると、まるで本当の姉弟に思えるな」

そう言いながら、金髪に染めたと聞いたワイヤード卿が出来栄え(できばえ)をチェックしに現れた。

談笑(だんしょう)している二人は、見た目だけでなく中身まで姉弟のようだ。

ワイヤード卿は、短時間ですっかりハンナと打ち解けたフィンの、優れた密偵ぶりに舌を巻く。

ハンナの叔父である部下の男は、ハンナとはしゃぐフィンの素性について心配する。

「フィンは本当に信用できるのでしょうか？　カザフ王国の密偵だなんて……。ハンナの身が危なくなるようなことは困るんですが……」

「ヨハンと二人でマンドリル伯爵邸に潜入させるより、よっぽど安心だ。フィンは、ああ見えて賢(かしこ)そうだからな」

そう言われると返す言葉がない。自分の身内の出来の悪さに恥じ入った男は、押し黙った。

「さぁ、二人とも荷物を持ちなさい。マンドリル伯爵邸に連れて行くから」

ワイヤード卿の言葉で、フィンとハンナは出発した。

馬車の中で、少し緊張しているハンナを、フィンは微笑んで勇気づける。

「ハンナ姉さん、俺が一緒だから大丈夫だよ」

「あんたこそ貴族のお屋敷に勤めるのは初めてなんでしょ。まぁ、私も初めてだけど、女中の仕事には慣れているからね。でも、他の使用人に虐められたら助けてね」

貴族の屋敷には何人も使用人がいるからと不安そうなハンナだったが、フィンはその点は心配していない。それよりも、チャールズ王子が幽閉されている部屋や、その監視体制を調べられるかが問題なのだ。

(屋敷の内部は女中のハンナの方が調査しやすいんだけどなぁ……。あまり、当てにはできそうにないや。まぁ、なるようになるさ)

二人を乗せた馬車はそれからしばらく走った後、マンドリル伯爵邸に着いた。

ハンナの親戚の男に急かされ、ハンナとフィンは荷物を持って裏口から入る。

流石に伯爵家の屋敷だけあって建物は立派だが、使用人しか出入りしないからか、裏口は掃除があまり行き届いていない。

フィンは、だらしなく積まれた酒瓶の箱や、野菜クズなどに目を留め、この家のレベルを察した。

「あのう、女中頭のハドソンさんは……こちらに女中と下働きの小僧を連れて来たのですが……」

出入りの商人を装った男は、女中頭に自分の親戚を紹介する。

「ああ、執事さんから聞いているよ。その二人かい？　身元はしっかりしてるんだろうね」

「私の姪のハンナと、その弟のヨハンです。ベリエールの下町の宿屋で一年働いていましたから、そこそこ使えるはずです」

ハンナは、叔父さんがフィンをヨハンと偽ったことが、やっぱり納得できない。

女中部屋と下男部屋に荷物を持って行き、その後二人きりになったフィンは、不満そうなハンナに少し説明しておく。他の使用人に彼女が下手なことを言ってはマズイからだ。

「きっと、マンドリル伯爵の使用人が宿屋に調べに行くと思ったんだよ」

「なんで？」

説明しても、ハンナはピンとこない。フィンは、屋敷でした説明を、根気よく繰り返す。

「俺が旅の吟遊詩人の弟子だとバレたら、身元がはっきりしないじゃないか。そうなったら、雇ってもらえなくなるよ」

ハンナはそういうものなのかと、なんとなく理解した。

「そうか……身元がはっきりしないから駄目なんだ。だからヨハンってことにするんだね。でも、ずっとヨハンと呼ばれるのは嫌じゃないの？」

「まぁ、新人のうちはヨハンで通すよ。そのうち、ミドルネームはフィンだからと言って、呼び名を変えてもらうつもりだ」

二人でこそこそ話していると、女中頭のハドソンさんが「さっさと働きなさい！」と雷を落とした。

ハンナは、ハドソンさんに台所でジャガイモの皮むきを手伝えと言われる。

「あんたは馬屋掃除だよ。屋敷の裏手にあるから、サッサと行きなさい」

フィンは、外にある馬屋の掃除を命じられ、やはり屋敷の内部は調査し難いとぼやく。

（台所だったらジャガイモの皮むきをしながら、何人の騎士が増えたのか？　とか、チャールズ王子には特別な料理を出すのか？　とかわかるのになぁ。でも、馬屋でも騎士の馬数とかはチェックできるよね。やれることからやろう）

マンドリル伯爵邸の馬屋には、十数頭の馬がぎゅうぎゅうに入れられていた。

フィンは、きっとチャールズ王子が幽閉されているから監視の騎士達の馬が増えたのだろうと察する。でも、どれだけ増えたのかまではわからない。

「今日から下働きに雇われたヨハンです」

仕事量が増えて不機嫌そうな馬屋番に、フィンは挨拶をするが、「フン！」と馬糞を掃除していたフォークを投げて寄越された。

「俺はバグスだ。馬糞の掃除は新入りのお前に任せた！　少し休憩してくるけど、怠けていたら拳骨だぞ」

下働きの小僧だと侮っての無作法な態度には腹が立ったが、一人になれたのは好都合だ。

（屋敷に魔法使いがいるか？　まずはそれを調査しなきゃね）

フィンは、潜入調査をするにあたって、ルーベンスから手順を叩き込まれている。早速呼吸を整えようとしたが、馬糞の臭いに咽せた。

「バグスは仕事をサボり過ぎだよ！　こんなんじゃ精神統一できないし、馬にも良くないよ」

フォークで馬糞を集めても良いが、今回は早く済ませて調査したいので、ちょっと魔法を使ってズルをする。

（ついでに寝藁も換えてやるからな……）

外の馬糞を入れる箱に汚れた寝藁ごと移動させる。馬屋の二階部分には新しい藁と餌がごちゃごちゃに置かれていた。

フィンは、こんなに無秩序な馬屋を見るのは初めてだと腹を立てる。

「伯爵家だかなんだか知らないけど、どうも使用人の質は良くなさそうだな。バグスみたいな馬屋番を雇っておくだなんて……。まぁ、チャールズ王子が幽閉されて、人手不足で仕事がいい加減になったんだとは思うけど」

ぶつぶつ文句を言いつつ、移動魔法で二階の藁や餌を片付け、新しい寝藁を敷いてやる。

「やっと、これで本当の目的が……」

馬達も清潔な寝藁に換えてもらい心地好さそうだ。フィンは、その様子を見て満足する。

そして、深呼吸して精神を集中した。

『朝日に光る蜘蛛の巣のように探索の網を広げてはいけないぞ』

師匠の注意を思い出して、慎重に魔法使いがいないかを確認していく。

（どうやら魔法使いはいないみたいだ……まぁ、サリン王国には魔法使いは少ないし、迫害されるのを恐れて隠れているらしいから当然か。……ついでに、チャールズ王子が幽閉されている場所を探ろうか？）

しかし、その前にバグスが帰って来たので、フィンは探索を打ち切った。

「おい、お前の名前はヨハンとかいったよなぁ。あのハンナの弟かい？」

さっきの不機嫌さはどこへ行ったのか？　とフィンが突っ込みたくなるほど馴れ馴れしい態度で肩を組んでくる。

顔にかかる息が酒臭いので、フィンはフォークで寝藁を広げる振りをして、バグスから距離を取った。

「ハンナは姉だけど……」

「そうか！　えらい可愛い娘さんだよなぁ。なぁ、彼氏とかいるのかい？」

「さあね」

フィンは素っ気なく答えたが、バグスは掃除もしないで質問してくる。

「宿屋には酒場もあるんだよなぁ。ハンナは可愛いから男達にモテただろ？　なぁ、彼氏がいるのかい？」

こんな風にべったりされたら、探索どころではない。

「ハンナには彼氏はいない」と言って、さっさと追い払いたいが、仕事をサボって酒を飲むような男をハンナに近づけたくない。

「そういえば、ハンナ姉ちゃんは働き者が好きだと言っていたよ」

「そうか！　なら良いかもなぁ」

自分だけに馬屋の掃除を押しつけたバグスに嫌味を言ったのだが、全く通じていない。

馬屋をこんな酷い状態にしておいて、どこが働き者なのかと呆れた。

「おっ、ヨハン！　昼飯を食べに行こうぜ」

急に親切ぶるのは、可愛いハンナ目当てだからだとフィンはげんなりするが、昼ご飯は歓迎だ。探索だけでなく、馬屋の掃除でも魔力を使ったので、お腹が空いている。

「やったぁ！　お腹、ぺこぺこなんだ」

「なぁ、ハンナに俺が親切な先輩だと紹介してくれよ」

（どこが親切な先輩なんだよ！）

内心で毒づきながら、フィンは屋敷の裏口から台所へ向かう。

## 十三　幽閉中のチャールズ王子

フィンがバグスと台所へ向かっていた時、マンドリル伯爵邸の二階の客間で、チャールズ王子は運ばれてきた昼食を用心深く食べていた。

(何が混ぜてあるかわかったものじゃない)

煙草に麻薬を混ぜるような策略を使う相手だ。そんな奴らの出す食事など口にする気にはなれないが、何も食べずには生きていけない。

チャールズ王子は、パンや野菜、肉の塊など、なるべく毒や麻薬などが混ぜにくいものを選んで食べる。

丸ごとなら毒を入れられないと考えて「果物が食べたい」と要求してみたが、今回の食事にはついていない。

「もう下げてくれ」

こんな調子なので、チャールズ王子は幽閉されてからかなり体重を落としていた。

王宮にいた頃なら、教育係のワイヤード卿が心配して「もっと召し上がれ」「好き嫌いは駄目です」と口うるさく叱っただろうと苦笑する。

しかし、厳重な扉の外で常に待機している監視の騎士は、黙ってお盆を下げただけだ。マンドリル伯爵の指示か、もっと上からの命令が下されているのか、チャールズ王子と口をきく者はいない。

一人になったチャールズ王子は、鉄格子の嵌った窓からサリン王国の夏空を眺める。

(体裁の良い牢獄だな……しかし、私はこのまま死ぬ訳にはいかない)

自分が無実の罪を着せられたのも悔しいが、それよりもサリン王国の行く末が気になって死ぬに死に切れない、と鉄格子を握りしめる。

「ワイヤード卿は無事だろうか？」

監視の騎士と話すこともできないので、チャールズ王子は外の情勢が全くわからない。頼みの綱のワイヤード卿が逮捕されたのか、逃げおおせたのかも知らないのだ。

「ミランダはどうしているだろう……カザフ王国の姫君とはいえ、ミランダがこの陰謀に関わっているとは考えられない。いや、考えたくない」

こんなことにならなければ秋には挙式だったのに、と深い溜め息をついた。

チャールズ王子が、自身の不幸や、サリン王国の行く末を憂えていた頃、台所ではフィンの腹が鳴っていた。

「ねぇ、なかなか昼食にならないね」

「まぁ、上の人達が食べ終わらないと、俺達も食べられないのさ」

「へぇ、貴族のお屋敷って大変だね」

「でも、いい物も食べられるぜ。下町の宿屋なんかじゃあ、食べられないような物もさ」

「伯爵家の人達や騎士達のお残しを召使いに食べさせるの？　足りるのかな？」と心配するフィンに、召使い用の野菜スープも大鍋で炊いてあるのだとバグスは教える。

「お前は食いしん坊だな」

バグスだけでなく、他の召使い達にも笑われてしまった。

「今日はジャガイモスープだよ」

忙しそうに皿を配っているハンナが、フィンの横を通り過ぎる時に教えてくれた。

「へぇ、美味しそうな匂いがするよ」

「おい、紹介してくれよ！」

バグスがフィンの脇腹を小突くが、ハンナはそれどころではなさそうだ。それに、怠け者のバグスなんかをハンナに紹介したくないので「また、後でね」と誤魔化した。

フィン達召使いが昼食にありつけたのは、幽閉中のチャールズ王子、マンドリル伯爵家の人々、そして監視の騎士達が食べ終わってからだった。

台所の長いテーブルの上に、パンとジャガイモのスープが人数分用意されている。そして真ん中には、上の人々が食べ残した肉料理が大皿に盛られていた。

（チャールズ王子のお残しもあるのかな？　もし、そうなら毒や麻薬などは混ぜていないと確認できるんだけど……ハンナは、何か知らないかな？）

カザフ王国の陰謀の片棒を担いでいるマンドリル伯爵でも、流石に自分の召使い達を毒で殺したり、麻薬中毒にさせたりはしないだろうとフィンは考えていた。

万が一のことを覚悟し、恐る恐る肉料理を口にしたが、そんな懸念を吹き飛ばすほどの絶品だった。ジャガイモのスープも美味しい。

「美味しいね！」

「だろう！　この屋敷の給金はケチくさいけど、食べ物は上等なのさ」

そう言いながら、バグスや男の召使い達は、瓶の底に残ったワインを取り合う。

「なぁ、ハンナに紹介してくれよ」

「あっ、お前はあのべっぴんな新入りの弟なのか！　俺も紹介してくれよ。俺は、今は下僕だけど、いつかは執事になるつもりなんだ」

「ベン！　お前が執事になんかなれるもんか！　俺が先に目をつけたんだぞ」

バグスが下僕のベンと争いだしたので、フィンは巻き添えになりたくないと席を立つ。

他の男の召使い達は、食後のひと休みをしながら、煙草を吸ったり話をしたりしていたが、ハンナは昼食の片付けで忙しそうだ。

フィンは、ハンナを手伝おうと、食器を洗い場に運ぶ。

「ハンナ姉さん、お皿を纏めて持ってきたよ」

「ハンナ！　これも洗っとくんだよ」

「はい！」

先輩女中の鋭い声に、洗い場の奥のハンナが返事をする。ハンナの周りには、既に大量の食器が積み上がっていた。

先輩女中は伯爵家の人達が使う上等な食器だけ洗い、残りは新入りのハンナに押しつけて、男達が座っているテーブルへ向かう。

「あの娘は可愛いけど、気が利かないよ」

男達が新入りのハンナに気があるのに嫉妬した女中の嫌味に、ドッと笑い声が上がる。

どうもマンドリル伯爵家の召使い達の質は良くないと、フィンは顔をしかめそうになったがどうにか抑え込んだ。

「俺が手伝ってあげる。ハンナ姉さんが洗ったら、拭くよ」

「ありがとう、フィン」

フィンは、慌てて「ヨハンだよ」と小声で指摘する。

「そうだったわね。ヨハン!」

ハンナは、皿洗いを押しつけられて不満だったが、こうしてフィンが隣で皿を拭いてくれているだけで心丈夫だ。

「これ！　いつまで、仕事を怠けているのですか！　さっさと働きなさい」

女中頭のハドソンさんが食堂で雷を落とし、サボッていた召使い達は蜘蛛の子を散らすように立ち去った。

「ハンナ、皿洗いが済んだら、このシーツを洗いなさい」

初日からこき使われるハンナを気の毒に思うが、フィンも馬屋で仕事が待っている。

それでも、両腕に山ほどのシーツを積まれたハンナを放ってはおけない。

「洗い場まで運ぶのを手伝ってから、馬屋に行くよ」

バグスは可愛いハンナに気があるので、「早くしろよ」と鷹揚な態度でフィンに許可を出した。

フィンとハンナは、山盛りのシーツを持って屋敷の裏側の洗濯場へ向かった。

「こんなに洗濯物があるなんて、貴族の屋敷の女中も楽じゃなさそうね」

「ハンナが新入りだから、仕事を押しつけられたのかな？　他の女中も手伝えば早く済むのにねぇ」

二人でぶつぶつ言いながら洗濯場に着く。洗濯場は簡単な小屋になっていて、雨や雪でも干せるようになっていた。

「大鍋で煮ろと言われたけど……石鹸は……あっ、これだわ」

シーツを煮沸するのは大変そうだけど、ハンナは宿で慣れている様子だ。フィンは、井戸から水を汲むのを手伝う。

ハンナは大鍋にいっぱい水を入れ、石鹸をナイフで削り、シーツを投げ入れると火をつけた。

「じゃあ、俺は馬屋に帰るよ」

「一人で火の番をするのは寂しいわ。もう少し一緒にいてよ。ねぇ、あんたは吟遊詩人の弟子だったんでしょ？　何か歌って」

「ええっ！　俺は吟遊詩人の弟子に向いてなかったんだよ。だから下働きになったのに……」

そう言っても、ハンナはなかなか許してくれない。仕方なく、フィンは洗濯場の外に生えていた葉っぱを取って夏至祭の曲を草笛で吹いた。

「へぇ！　上手いじゃない！」

ハンナは、草笛に合わせてハミングしながら、大鍋の中のシーツを木の棒でかき回す。

（こっちは屋敷の裏側だ。チャールズ王子を幽閉していないかな？　表の通りから見えないし好都合だと思うんだけど）

洗濯小屋の柱にもたれ草笛を吹きながら、二階の窓を見ていたフィンは、ふと何個かの窓に新しい鉄格子が付けられているのに気づく。

（きっと、あの部屋にチャールズ王子が幽閉されているんだ！　角部屋なのは好都合だよ）

幽閉場所がわかれば、あとはミランダ姫からの手紙を届けるだけだ。ただ、チャールズ王子が一人の時に届けないと、潜入していることがバレてしまう。

自分だけなら、バレても移動魔法で師匠の定宿まで逃げられるけど、ハンナを残してはいけないので慎重に行動する必要がある。

「こら、ヨハン！　いつまでもサボってるんじゃない」

そう言うバグス自身が馬の世話をサボって、フィンを呼びに来た。本当はハンナに会いに来たのだ。

「おい、紹介してくれよ」

ここに来る前に顔や手を洗い、髪の毛に櫛を通して身なりを整えていたバグスは、にやにや笑いながらせっつく。

フィンは気乗りしないが、断るのも面倒なので渋々紹介する。

「ハンナ姉さん、馬屋番のバグスだよ」

「私はハンナよ。よろしくね」

ハンナは洗濯物をかき回していた棒を置いて、バグスと握手する。

「こんなにいっぱいのシーツを干すのは大変だろう。俺が手伝ってやるよ。ヨハン、お前は馬にブラシを掛けておけ！」

こんな信用できない男とハンナを二人っきりにしておけない。フィンが困り果てていると、そこに下僕のベンが用事を言いつけに現れた。

「おい、バグス。伯爵様が外出されるから、馬車を用意してくれだってさ。なぁ、ヨハン、俺も紹介してくれよ〜」

フィンはベンを簡単に紹介して馬屋に向かう。流石にバグスも、怠けていたのを伯爵に見つかるとクビになってしまうので走る。

「大変だぁ！　伯爵様の馬車は四頭立てだから、ヨハンもブラシ掛けを手伝ってくれ！　全く、お前を洗濯場まで呼びに行ったから、こんなに慌てる羽目になったんだ」

栗毛の四頭を手分けしてブラシ掛けして、馬車に繋いでいく。

「おい、まだなのか？」と御者に嫌味を言われたが、今はバグスも必死だ。本来はいつでも馬車を使えるように、馬を手入れしておかなければならないのだから。

ほどなくして作業が終わり、バグスは「ほら、馬車の用意ができたぞ！」と偉そうに御者に顎をしゃくる。

「遅いぞ！」

ムッとしてそっぽを向いたバグスの代わりにフィンが謝り、御者は馬車に乗って去っていった。

「なんだよ、偉そうに！」

御者がいなくなった後で、バグスは寝藁を蹴ってあたり散らした。

それから、「ヨハン！　他の馬もブラシを掛けておけよ！」と言い捨て、またサボりに行こうとする。

馬屋には十数頭の馬が残っているので、フィンは悲鳴を上げた。

「ええっ！ 俺一人じゃ無理だよ～」

「馬鹿だなぁ、少しは頭を使えよ。伯爵様は馬車で出かけたんだから、今日はもう馬には乗られないさ。騎士の馬だけをブラシ掛けすればいいんだよ。ほら、そこの六頭を綺麗にしてやれ。いつ騎士が馬に乗るかわからないから、ちゃんとブラシを掛けるんだぞ！」

この期に及んで小狡いバグスにフィンは呆れたが、彼のおかげで見張りの騎士が六人だと判明した。恐らく二人組の三交代で王子を常に監視しているのだろう。

一人で馬にブラシを掛けながら、今後の段取りを考える。

（兎も角師匠に、チャールズ王子が幽閉されている部屋と、監視の騎士の人数を知らせなきゃ！）

ベストの内ポケットから紙を取り出すと、簡単に走り書きして、ルーベンスの元へ移動魔法で届けた。

定宿で心配しながら待っていたルーベンスは、部屋に飛び込んできたメモをパッと取った。

「汚い字じゃのう……部屋がわかったのは上々だが、常に監視の騎士がいるのはまずいな」

ルーベンスは得た情報を綺麗に書き直し、ミランダ姫の小箱へ魔法移動させた。

「上手くいけば良いが……」

宿の窓からマンドリル伯爵邸の方向を眺めて、ルーベンスは自分で探索した方がよっぽど気が楽だと溜め息をついた。

## 十四　チャールズ王子救出作戦

一日に何度も寝室の小箱を開けるのが、ミランダの習慣になっている。

しかし、それほど頻繁には手紙は入っていない。その度に失望しては「フィンったら、真面目に調査しているのかしら？」「あの師匠は私に情報をちゃんと伝えてくれているのかしら？」と罵っていた。

今回も進展はないだろうと半ば諦めながら小箱を開けると……。

「まぁ！　何かしら？」

即座に目を通したミランダは、この情報をどうやってワイヤード卿に伝えるか悩む。

「独身の私が、ワイヤード卿の妹のキャラハン男爵夫人に会う機会はほとんどないし……夏至祭の晩餐に招待するほど、キャラハン男爵夫人と大使夫妻は親しくない……」

サリン王国に来てから王女として下にも置かない待遇をされているが、基本的にこの国での関係は大使夫妻を介している。この前キャラハン男爵夫人に連絡を取れたのも、かなりの綱渡りだったのだ。

これならカザフ王国の王宮の片隅で忘れ去られていた方が動きやすかったのにと爪を噛みかけて、グッと手を握りしめる。

「もう何もできない子どもではないもの。お母様は救うことはできなかったけど……もう愛する人を失ったりしないわ！」

そうしてミランダは、陰謀に直接加担している可能性のある大使ではなく、大使夫人を利用することにした。

ミランダは大使夫人を自室に呼び出し、しおらしい態度で相談を持ちかける。

「去年の今頃はチャールズ王子に王宮の庭を案内して頂いたのに、人の運命なんてどうなるかわかりませんわね。このままでは婚礼はなしになりそうですし、私もカザフ王国に帰り、そこら辺の貴族と結婚させられるかもしれません」

大使夫人は、我が儘なミランダ姫の面倒を見なくて良くなるのは大歓迎だったが、ハンカチで涙を拭う姿に少し気持ちがざわつく。

「まぁ、まだ決まった訳ではありませんし……夏至祭なのに泣いてばかりではいけませんわ」

チャールズ王子が幽閉されているので、ベリエールの街は暗く沈んでいるが、それでも夏至祭の晩餐会は小規模とはいえ催す予定なのだ。

ホステス役の大使夫人としては、主賓のミランダ姫が落ち込んでいては、いっそう盛り上がりに欠け、催しが大失敗になるのではと心配する。

「ええ、そうね！　ここで夏至祭を過ごすのは最後かもしれないわ。そういえばベリエールの街を見学したこともなかったわね。あっ、カザフ王国に帰るなら何かお土産も買いたいわ！」

大使夫人は、何だか急に元気になったミランダ姫を訝しんだが、あれよ、あれよと強引に話を進められ、ベリエールの観光と買い物に出かけることになった。こういった強引さはフレデリック王に似ており、大使夫人には抗いがたい。

「ロイマールに比べるとベリエールはやはり田舎ねぇ。お土産といったら何があるのかしら？」

自ら言い出したくせにすぐに観光には飽きたと文句を言い始めたミランダ姫に、大使夫人はうんざりしたが、夫のためだと我慢する。

首都ロイマールに帰りたいのは山々だし、できれば夫が外務大臣、もしくは外務次官に任命されたらと願っているのだ。

「そうですわねぇ、ロイマールには世界中の美しい品が集まりますものねぇ。でも、ベリエールの木工製品には素敵なものもありましてよ。特にコベントリー商店のものは、ロイマールでも人気ですわ」

そう言うと、大使夫人は馬車をコベントリー商店へ向かわせる。

ミランダは思い通りに事が運び、内心でほくそ笑んだ。

（しめしめ！　キャラハン男爵夫人にはコベントリー商店へ行くように伝えてあるのよ）

大使館の侍女を使って、ミランダはキャラハン男爵夫人にある手紙を渡していた。

内容は「夫人宛ての贈り物をコベントリー商店に預けているから、指定した日時に受け取って欲しい」というもので、ルーベンスからの情報は一文字も書いていない。

他人を介して渡した手紙は、自分と夫人以外の誰かに読まれる危険がある。

夫人を商店に呼び出したことぐらいなら、バレたところで「夏至祭に出てもらうよう説得していた」などといくらでも言い訳ができる。

だが、王子に関する情報はそうはいかない。ある程度の危険を冒してでも、直接渡したかった。

コベントリー商店は、いつも人で賑わっている。大使夫人に見つからないようにキャラハン男爵夫人にそっと手紙を渡すと、ミランダはあれこれと土産を買い込んで大使館に帰った。

（後は、ワイヤード卿に任せるしかないけれど……フィン！　チャールズ様をお願いするわ）

ミランダ姫からの手紙を妹から受け取ったワイヤード卿は、まだ十分に味方を集めてはいないが、チャールズ王子を救出する作戦を練り始めた。

「チャールズ王子を害されてしまっては、何も意味はなくなる。マンドリル伯爵はベリエール郊外でモンデス王国の大使と会っていた。彼はカザフ王国のルード王子と組むことにしたのだ」

集まった貴族達もはじめは時期尚早ではと疑問視していたが、自国を裏切るマンドリル伯爵や、北から攻め寄るモンデス王国の脅威を感じて、麻薬中毒のジェームズ王ではこの難局を切り抜けられないと決意し、ワイヤード卿の計画に賛意を示した。

チャールズ王子の救出作戦を練ったワイヤード卿は、ハンナの親戚の男を介して、潜入しているフィンに手紙を託した。

「決行は夏至祭の日の夜だ。それまでに、絶対この手紙をチャールズ王子に渡して欲しい」

出入りの商人を装ったワイヤード卿の部下に頼まれたフィンは、どうやって渡そうか頭を悩ませる。

（夜の間に、チャールズ王子の部屋に魔法で手紙を移動させようかな。いや、でもチャールズ王子も眠っているか。朝まで手紙に気づかなかったら、まずいよねぇ）

監視の騎士を眠らせることはできるので、チャールズ王子の部屋に直接魔法で移動する、という手段もあるが、ルーベンスに言われた通り危険を伴う。

そもそも、あの角部屋に本当にチャールズ王子がいるのか、今の段階では確証がない。王子を近くで見たのは、宿まで案内した時の一回だけなので、魔力を捕捉しても本人かどうか自信が持てなかった。

（やっぱり、確証が欲しい。どんな方法を取るにしろ、まずはそこからだ）

冬なら下男のフィンでも炭やまきを運んだりする屋敷内での仕事があっただろうが、生憎と夏なので野外での仕事が多い。中に入れる機会を待っていたら、渡せないかもしれない。

（えぇい！　洗濯場からなら部屋は見えているんだ！　やるだけやってみよう）

幸いバグスは仕事をサボっているので、フィンを監督する者はいない。さっさと用を済ませようと、洗濯場へ走る。

「おや、フィン……じゃなくてヨハン！　何か用なの？」

相変わらずうっかりしているハンナに指を横に振って注意するが、こればかりは直りそうにない。

「馬にはブラシを掛けたし、バグスはいないから、ハンナ姉さんを手伝いにきたのさ。それにしても、ここの使用人はサボり過ぎだよ」

今日も一人で洗濯させられているハンナを手伝いながら、ソッと屋敷の二階へ探索の網を広げる。

（鉄格子の嵌った部屋には一人しかいない。チャールズ王子だな！　その外には……二人いる！　監視の騎士か。これはもう間違いない）

運の良いことに、部屋の中には王子しかいなかった。下見（したみ）だけのつもりだったが、この好機を逃す手はない。

（手紙が空中から現れたら、チャールズ王子は驚いて声とか上げちゃうかな？　そうなると、部屋の外の監視の騎士に気づかれちゃうだろうし……やっぱり、直接会って渡さなきゃね！）

ハンナと洗濯物を干し終わり、一人残ったフィンは行動に移る。

（いきなり空中に人が浮かんでいたら、チャールズ王子は驚くよね）

洗濯物を干すロープを持つと、鉄格子へ伸ばす。ロープは生きているヘビのようにニョロニョロと上へ伸びていき、鉄格子に到達した。

（よし！　あとは鉄格子にくぐらせて……難しいなぁ）

鉄格子に結びつけたら、後は下へと落とすだけだ。フィンは、バサッと落ちたロープを拾うと、よじ登る。

実際にはロープを使って登っている訳ではない。魔法で空中に浮いているので、すぐに窓まで辿り着いた。

窓から中を覗くと、痩せたチャールズ王子が苛々と部屋を歩き回っていた。他に誰もいないのを確認して、窓をコンコンと指で叩く。

「お前は……！」

シッと指を唇に当てるフィンを見て、チャールズ王子は口を閉じる。それから、外の監視の騎士に怪しまれないように、歩き回りながら窓へ近づく。

「これ！　ワイヤード卿とミランダ姫からの手紙です。気づかれないように読んで！」

鉄格子に阻まれてわずかしか窓を開けられないが、その隙間から手紙を滑り込ませて渡すと、フィンはスルスルとロープを滑り降りる。

これで潜入の目的は果たせた。もうマンドリル伯爵邸から逃げ出しても良いのだが、急にいなくなったりしたら、ハンナが疑われる。

（それに、俺が救出作戦決行の当日、監視の騎士を眠らせれば……少しは犠牲を少なくできるだろう……。ハンナが怪我をしたりしないように護らなきゃ！）

ワイヤード卿がどんな計画を立てたかはわからないが、武力を伴うに違いない。屋敷の

騎士達を眠らせれば、作戦が速やかに実行されるだろうとフィンなりに考えた。

夏至祭の夜、マンドリル伯爵邸でも小規模な晩餐会が催され、片付けが終わった後で、使用人達にもいつもより豪華な食事が出された。

フィンは、そわそわと気持ちが落ち着かず、折角のご馳走も味がわからない。

男の使用人達は、晩餐会の残りのワインなどを飲んで、夏至祭を楽しんでいた。

「ねぇ、ヨハン！　夏至祭の曲をやってよ！」

下僕のベンと踊りたいからと、ハンナが頼んでくる。

今はそんな気分になれないが、他の使用人達も夏至祭の音楽がないと味気ないと言い出したので、仕方なく引き受けた。

「宿でちょこっと習っただけだから……まぁ、下手でも良いなら」

フィンは太鼓の代わりに樽を叩きながら、夏至祭の歌を歌う。それに合わせて他の使用人達も歌い、踊り出した。

「へぇ、上手じゃないか！　なぁ、ベンの後で俺と踊るようにハンナに言ってくれよ～」

バグスにバシッと背中を叩かれ、フィンは太鼓ならぬ樽を叩きそこねる。

「そんなの自分で口説いてよ」

「まぁ、それもそうだなぁ」

バグスがハンナに夢中なのは明らかだが、怠け者なのはバレている。ハンナがバグスを選ぶはずがないし、この計画が成功したらマンドリル伯爵邸ともおさらばなので、フィンは放置することにした。

「さぁ、いつまでも騒いでないでサッサと寝なさい！　明日は、大掃除ですよ」

暫し夏至祭を楽しんだが、女中頭ハドソンの鶴の一声でお開きになった。

いつもは寝つきの良いフィンだが、今夜は眠るどころではない。今、マンドリル伯爵邸で起きているのは、作戦を知っているチャールズ王子とフィン、そして監視の騎士二人だ。

（いつなんだろう……）

ソッと探索の網を寝静まった屋敷の外へ広げる。そこにはワイヤード卿とその部下十数人、そして賛同する貴族達が息を潜めていた。

（そろそろだなぁ……皆を深く眠らせよう！）

抵抗したら使用人達も斬り付けられてしまうかもしれない。フィンは怪しまれない程度に皆の眠りを深くする。もちろん、監視の騎士も眠らせる。

「何だ？　マンドリル伯爵邸の人達は不注意だな？」

屋敷に足を踏み入れたワイヤード卿は、訝しげに呟いた。

裏口の鍵をこじ開けた時に、かなり大きな音を立ててしまいヒヤリとしたのだが、誰も起きて来ない。予(あらかじ)め王子が幽閉されている場所はわかっていたので、これ幸いと二階の角部屋へ急ぐ。

角部屋の前には、監視の騎士が二人椅子に腰掛けて眠っていた。

「縄(なわ)をかけろ！」

マンドリル伯爵側の騎士とはいえ、自国民を意味もなく傷つけるのはワイヤード卿の本意ではない。流石に縄をかけられる途中で騎士達は目覚(めざ)めて騒ぎ始めるが、猿(さる)ぐつわを噛ませる。

角部屋の横の監視の騎士達の部屋にもワイヤード卿の手勢は入り、控えの騎士達までぐっすりと寝ているのを見て呆れるが、ロープで縛っていく。

「これが鍵みたいです」

監視の騎士のベルトに提(さ)がっていた鍵で扉を開け、ワイヤード卿はチャールズ王子と再会した。

「ワイヤード卿！」

「チャールズ王子！　よくご無事で……こんなにお痩せになって……」

二人が感激の再会を果たしていると、騒ぎに気づいたマンドリル伯爵が起きて来た。寝巻姿で剣を振りかざす。

「この賊(ぞく)どもが！」

「売国奴(ばいこくど)め！　モンデス王国に我が国を売り渡すつもりだな！」

　寝ぼけたマンドリル伯爵など、怒れるワイヤード卿の敵ではない。マンドリル伯爵を剣で一突きすると、倒れた身体を跨(また)いで脱出する。

　この頃になると、使用人達も起きていたが、皆なりを潜めて侵入者が出ていくのを待つ。上の方達の争いに巻き込まれるのは御免だからだ。

「キャア～！　貴方！」

　侵入者が出て行き、上の階で伯爵夫人の悲鳴が聞こえてから、使用人達はバタバタ動き出す。

　フィンも寝巻のまま二階へ上がり、角部屋の前で倒れているマンドリル伯爵に縋(すが)りつく伯爵夫人を目にした。

　ズキンと心が痛んだが、手に剣を持っているなら、一方的に斬られた訳ではなさそうだとどうにか割り切る。

　監視の騎士達はお互いに罵り合いながら、追撃しようと動き出していた。

「王宮の兵を率(ひき)いれば、ワイヤード卿の一味など敵ではない！　追え！」

　騎士のそんな言葉を聞きながら、フィンは、ワイヤード卿が既に王宮をも占拠(せんきょ)しているだろうと察していたので、安心してベッドへ潜(もぐ)り込む。

　あれこれ気を回した上に、魔法で大勢を眠らせたので疲れたのだ。

## 十五　さぁ、長居は無用じゃ！

夏至祭の夜、ルーベンスはまんじりともしないでいた。かなり遅くまで吟遊詩人として営業していたが、今夜は酒も控えていた。

「フィン！　報告はないのか！」

業を煮やしたルーベンスは、ベッドに横たわると探索の網を広げる。すると、マンドリル伯爵邸での騒ぎに気づいて、思わずヒヤリとした。

その騒ぎが王宮に移動したので、チャールズ王子が無事に救出され、ベリエールの闇の元になっているジェームズ王から権力を取り上げたのだろうと察する。

「どうやらクーデターは成功したみたいだ……フィン、もう用事はないだろうに……さっさと帰ってこないか！」

弟子の身の安全がこれほど心配になるとは思ってもみなかった。ルーベンスは潜入調査などさせなければ良かった、と深い溜め息をついた。

翌朝、呑気に寝ていたフィンは、皆に呆れられた。

「お前はどんだけ寝汚いんだよ」

「だって、馬屋の仕事は朝早いし……夏至祭の晩餐会が終わってからだったから、晩御飯も遅かったし……それより、どうなったの？」

使用人達は仕事もしないでコソコソと話し合っている。

マンドリル伯爵がチャールズ王子を幽閉していたのは知っていたが、それが逃げ出したとなるとどうなるのか？　第一、マンドリル伯爵が死んだら、誰がこの家の跡を継ぐのか？　自分達の仕事や給金はどうなるのか？　と心配なのだ。

「お前は気楽だよなぁ～！　雇われたばかりだし、夏至祭のお小遣いもちゃっかりもらってたしさぁ」

「あんなの焼き菓子代にもならないよ。それより、朝ごはんはまだみたいだから、先に馬の世話をしよう」

バグスも伯爵が亡くなった以上、自分もクビを切られるかもしれないと不安になり、それを紛らわせるためにフィンと馬屋へ向かった。

朝食、というより昼食時に使用人が全員、台所へ集められた。執事と女中頭が黒い喪服を着ているのを見て、フィンはやはり胸がズキンと痛む。

「昨夜、賊が侵入してマンドリル伯爵が亡くなられました。エドウィン様がマンドリル伯爵家をお継ぎになると思いますが……チャールズ王子一党がジェームズ王を幽閉したという噂もあります。王子が我がマンドリル伯爵家の領地を安堵されるかも不明ですし、使用人を全員雇い続けることはできません」

「やっぱり！」という溜め息が台所を埋め尽くした。

執事は後の始末を女中頭のハドソンに任せて、マンドリル伯爵の葬儀の手配をする。

「ハンナ、ヨハン。お前達は雇ったばかりだし、辞めてもらいます。ハンナは真面目に仕事をするし、ヨハンも賢くて下男には勿体ないほどだと紹介状を書いておきました。マンドリル伯爵家の名誉は地に堕ちるかもしれませんが、この紹介状ぐらいなら役に立つでしょう」

そうしてクビになったハンナとフィンは、サッサと荷物を纏めると、ワイヤード卿が潜伏していた屋敷に戻った。

「やぁ、ハンナ姉ちゃん！」

ハンナの本当の弟——ヨハンが手持ち無沙汰そうに、空っぽの屋敷で待っていた。夜中にワイヤード卿達は王宮を占拠して、こちらの潜伏先は放棄したのだ。

「あんた一人だけなの？」

「そうなんだよ！　朝ご飯も、昼ご飯も食べてないんだ」

呑気なヨハンにハンナすら呆れるが、台所に残されていた材料で簡単に昼食を作ってやる。三人でパンとスープを食べながら、これからのことを話し合う。

「俺はもう一度師匠に弟子にしてもらうよ！　ハンナとヨハンも宿に戻って雇ってもらう？」

「私は宿屋の女中はもう嫌なの。酔っ払いがお尻を触ったりするんですもの。この紹介状があれば、どこかの屋敷で雇ってくれると思うわ」

フィンは、自分がもらった紹介状をヨハンにやる。

「多分、ワイヤード卿が二人を雇ってくれるだろうけど、この紹介状もあげるよ。もし、嫌になった時に役に立つだろうから」

「だってこれは……そうか！　ヨハンって書いてあるもんね」

一生他人の名前で過ごすのは御免だと肩を竦めたフィンに、ハンナは笑いかける。

「ハンナ姉ちゃん！　元気でね！」

そう告げたフィンがハンナにぎゅっと抱きしめられると、石鹸の香りがした。こんな働き者のお嫁さんと農家で一生を過ごすのも良かったかもと、フィンは少し感傷に浸った。

「フィン、またベリエールに来たら、歌を聞かせてね！」

密偵だとバレているベリエールに来る機会があるかどうかはわからないが、フィンは「来たらね！」と手を振って別れた。

大きな仕事を終えた達成感を抱きながら宿に帰ると、今までで一番不機嫌な師匠に迎えられた。

「お前は！　何も報告しないで！」

帰った途端に拳骨をもらい、フィンは心配されていたことに驚く。

「師匠なら、俺が無事なことくらいはわかっているでしょ」

「お前という奴は……。さぁ、長居は無用じゃ！　ウィニーもずいぶん待たせてしまった」

「ウィニー！　そうだ師匠、餌だけじゃなくブラシも掛けてくれました？」

クーデターが起きたというのに呑気なフィンに、ルーベンスはもう一度拳骨を落とす。

「これ以上サリン王国のクーデターに巻き込まれたくない。この宿にワイヤード卿の手下が押しかける前に逃げ出すぞ」

ルーベンスは宿の親父に挨拶すると、荷物をフィンに持たせてそそくさと出ていく。それとすれ違いに、王宮を制圧したワイヤード卿が、部下を手配して来た。

「危なかったのう！　さぁ、ウィニーのもとへ飛ぶぞ！」

ベリエールの建物の陰から、ルーベンスとフィンはヘリオット山の洞窟まで魔法移動する。

『フィン！』

『ウィニー！　待たせたね～』

フィン達は感動の再会の最中だが、ルーベンスは一刻も早く帰国したいと焦っていた。

「フィン、サッサと鞍を付けろ！」

師匠の剣幕に驚いて、フィンはウィニーに鞍を付け、サリン王国を後にした。

## 十六　師匠！

何かに追われているかのような強行軍で、ウィニーはノースフォーク騎士団が駐屯しているリンドンへ辿り着いた。

『ごめんね！　ウィニー、疲れていない？』

フィンはずっと休憩なしで飛んだウィニーを心配し、鞍から飛び降りるとウィニーの首に抱きついた。

『私は大丈夫だけど……ルーベンス！』

ウィニーの警告で、フィンは鞍から落ちかけたルーベンスを抱きとめた。

「師匠！　大丈夫ですか？」

「ええい、騒ぐでない……」

ウィニーが舞い降りたのに気づいて迎えに来たクレスト団長とレオナール卿は、ルーベンスがフィンに支えられているのを見て駆けつける。

「ルーベンス様を客間に運べ！」

騎士に命じるクレスト団長を、青ざめた顔でルーベンスは睨みつける。

「大袈裟に騒ぐな……まだ、死んだりはしないからな。こやつを一人前にするまでは……」

「師匠！」

フィンの悲鳴を、ルーベンスは「うるさいのう」と遮ろうとして、それが叶わないまま意識を手放した。

「ルーベンス様！　早く運べ！」

騎士に運ばれる師匠の後を、フィンは夢中で追いかける。

『フィン！　ルーベンスを助けなきゃ！』

ウィニーの声で、フィンは立ち止まる。

『もちろんさ！　師匠を死なせたりはしないよ！』

大きく深呼吸して、フィンはルーベンスが寝かされているベッドに近づく。

長身のルーベンスが、何故か今は小さく見える。

「師匠！　俺が心配かけたから？　でも、ちゃんと治療するからね」

ノースフォーク騎士団付きの魔法使いが部屋に来たのにも気づかず、フィンは精神を集中する呼吸法を続けていた。

そして、ルーベンスを覆う黒い影を、フィンは一気に吹き飛ばす。その力の中にはウィニーの温かい気も含まれていた。

「また、無茶な魔力の使い方をして……」

目を開けたルーベンスに、クレスト団長やレオナール卿、そしてフィンもホッとする。

くたくたと床に崩れ落ちるフィンを、咄嗟にレオナール卿が支えた。

「まだ師匠には教えてもらわなきゃいけないことがいっぱいあるんだよ！」

「そうだな……だから、あまり心配させないでくれ……」

クレスト団長とレオナール卿はサリン王国で何があったのか聞きたくて仕方なかったが、この場は上級魔法使いと弟子の二人っきりにしようと部屋から出ていった。


フィンがルーベンスのベッドに頭を載せて寝ていた頃、遥かに離れたカザフ王国の首都ロイマールでも、フレデリック王が病に倒れていた。他国に派遣されていた王子達にも「危篤！」との報が飛ぶ。

「フレデリック王！　しっかりなさってください。旧帝国の復活は目前なのですよ」

「老齢に勝てる薬はない」と医師が見放したフレデリック王だが、ゲーリックはまだ何か打つ手があるはずだと枕元を離れず、看病を続けていた。

日に何回も治療の技を掛けるが、穴の空いた樽に水を注いでいるようなものだ。

「このままでは……俺は、王を失いたくない！」

カザフ王国では魔法使いの地位は高くない。

ゲーリックは、フレデリック王に登用されるまでは、底辺で貴族達の汚れ仕事をさせられていたのだ。またあの暮らしに戻るなど、想像もしたくなかった。

仄暗い焔がゲーリックの瞳に燃える。

「あれは忌み嫌われている呪だが……」

南洋の海賊達から聞いた蘇りの呪をゲーリックは試すことにする。今の状況を打開するにはこれしかないと考えたのだ。

しかし、ゲーリックはこのおぞましい呪を使ったために、自分の精神を失う羽目になる。そして、カザフ王国を闇に落とし、その闇は他国をも呑み込んでいくのだった。

ベッドで目覚めたルーベンスは、クルクルと落ち着きのない巻き毛を愛おしそうに撫でた。

（何が待ち構えていようと、お前を護るぞ！　そして、一人前の上級魔法使いにしてやる！）

上級魔法使いとしての勘が、嵐の到来を告げていた。フィンはまだ何も知らず、ベッドにもたれ掛かって眠っている。

かつて魔法学校の落ちこぼれと呼ばれた少年は、カザフ王国の影の支配者となったゲーリックと死闘を繰り広げることになるのだが、それはもう少し後の話だ。

今は、師匠の庇護の下でゆっくりと眠っていた。

# 十七　静養してください！

「ルーベンスが倒れた！」というニュースは、シラス王国中に激震を与えた。

このような国の機密情報がどこから漏れたのかと、マキシム王とキャリガン王太子は難しい顔をしたが、実際はルーベンスが国境の街であるリンドンで倒れたので、夏至祭の商売をしていた商人達の目に留まったのが原因だった。

「悪いニュースほど早く広がるものだ」

マキシム王がそう心配した通り、日頃贅沢な暮らしを享受している貴族達も、ルーベンスが支えている防衛魔法がなくなれば自分達の安寧が崩れてしまうとやっと気づいて騒ぎ立てた。

「王様の侍医にルーベンス様を診てもらう方が良いのではないでしょうか？」

「王宮で看病しなくてはいけません！　ルーベンス様にもしものことがあれば……そんなことはあってはならないのです」

夏に過ごす離宮にまで青い顔をした貴族が押しかけて、マキシム王に進言する。

しかし、そんな時分には、当のルーベンスはリンドンを抜け出していた。

「ルーベンスはどこを彷徨っているのか？」

マキシム王もルーベンスの健康が心配でならない。ヘンドリック校長を離宮に呼び出して、行方を尋ねる。

「ルーベンスの塔に帰っていないのは確かです……」

ヘンドリック校長も心配していたが、マキシム王やキャリガン王太子に行方も知らぬのか！　と責め立てられて、上級魔法使いの管理は自分の職務外だと泣きたくなる。

「しかし、フィンが付いていますから大丈夫です。そんじょそこらの治療師より、フィンの方が腕が良いです」

ノースフォーク騎士団から、フィンがルーベンスの治療をしたと報告を受けていたマキシム王とキャリガン王太子は、それを聞いて少しだけ安心する。

「しかし、行方がわからないのは困る。前々から思っていたのだが、ルーベンスは気儘過ぎるのではないか？」

そんなことを言われても、ヘンドリック校長にはどうしようもない。国王の言うことも無視するのに、と内心で愚痴る。

いつもは取りなしてくれるキャリガン王太子も、今回は心配のあまり父王と一緒になってルーベンスの文句を言う。

「サリン王国のクーデターについての報告がないのも困ったものだ。幽閉されていたチャールズ王子が、ジェームズ王を離宮で療養させていると聞いたが、如何なる経緯なのか？」

ヘンドリック校長は、ルーベンスがサリン王国に潜入していたことも知らなかった。

「まさか、サリン王国のクーデターにルーベンス様が関わっているのですか？　そんな無理をしたから倒れたのですか？」

（しまった！）

キャリガン王太子は、ルーベンスがヘンドリック校長にすら何も話していなかったのだと驚く。

今度は逆にヘンドリック校長に詰め寄られ、キャリガン王太子はタジタジになった。

「ああ、うるさい！　ルーベンスはどこにいるのだ！」

癇癪を起こすマキシム王に、キャリガン王太子とヘンドリック校長は「それは、こちらも知りたいです」と溜め息をついた。

「ハックション！　誰ぞが噂しておるな……」

噂の元のルーベンスは、のんびりとレオナール卿の屋敷で竪琴を爪弾いていた。

「師匠！　ちゃんと休養してくださいよ！」

ずっと側に張り付いていられると窮屈だからと、実家に帰らせていたフィンが、農作業の休憩時間に屋敷に戻って来た。

「うるさい……きっとマキシム王やキャリガン王太子あたりが噂しているのだろう」

フィンは、用意されたお茶やお菓子が手つかずなのに気づいて眉を顰める。元々少食のルーベンスだが、倒れてからはフィンが勧めないと見向きもしない。

「さぁ、お茶にしましょう！　ほら、このビスケットは美味しいですよ」

ルーベンスは差し出された皿から一枚ビスケットを手に取ったが、口にしようともしない。

「こんな退屈な生活は沢山だ！　旅に出るぞ！」

朝から農作業をしていたフィンは、腹ぺこで山盛りのサンドイッチを頬張っていたが、急いで呑み込むと抗議する。

「駄目ですよ！　ノースフォーク騎士団の魔法使いも休養が必要だと言っていたでしょ。あそこは嫌だと師匠が愚図るから、レオナール卿のお世話になっているのに……本当はサリヴァンで休養した方が良いんですからね！」

ルーベンスは口うるさい弟子を睨みつける。

（そろそろマキシム王にレオナール卿の屋敷で休養しているとの報告が届く頃だ。武人の

あやつに、黙っていろ！ と言っても無駄だからなぁ）

そうなると、サリヴァンへ帰って来いと手紙で命じられるのは明白だ。体力が落ちたのにはルーベンス自身もショックを受けたし、未熟なフィンにもっと修業をつけてやらないといけないのはわかってはいるが……。

自由を愛するルーベンスは、自分を心配そうに見つめる緑色の瞳さえ窮屈に感じる。

「お前は夏休みの残りを好きな農作業で過ごせば良い！ 私も好きな生活をするぞ！」

「師匠！ お願いだから静養してください！」

フィンの懇願に負け、ルーベンスもしばらくは旅に出ないことにする。自分が死んだら、まだ修業中のフィンがシラス王国の守護を引き受けざるを得ないのだ。

それこそ、最も避けたい事態だった。

## 十八 嫌な予感

一旦は旅に出るのを延期したルーベンスだが、自身の健康以上に気にかかることがある。長年上級魔法使いとしてシラス王国を守護してきた勘が、チリチリと警告音を響かせていた。

（どうやらフレデリック王の寿命が尽きかけているようだが……何とも言えぬほどの腐臭がする。王が亡くなる時に、このような嫌な予感がしたことはない……内乱が起こるのだろうか？）

気晴らしに竪琴を弾く気にもならないほど、カザフ王国のフレデリック王の件が引っかかる。

「そういえば、アンドリュー王子がバルト王国を訪問中だったな……カザフ王国の変動が何か影響しなければ良いが……」

マキシム王に気儘な態度を嘆かれているルーベンスだが、王太子の嫡子であるアンドリューのことも心配していた。ファビアンとグラウニーがバルト王国に付いて行っているので、何か異変があれば安全を確保するだろうと思ってはいるが、不安が拭えない。

「このままフィンを家族と過ごさせてやりたいとは思うが、どうも嫌な予感がする……」

ルーベンスは、カザフ王国のフレデリック王の身辺を調査することに決めた。自分の勘を信じたのだ。

「だが、危険なカザフ王国に潜入する前に、アンドリューを無事にシラス王国へ連れ戻しておきたい。フレデリック王が亡くなったら、サリン王国との同盟関係もどうなるかわからない。そうなると、バルト王国も出方を考え直すやもしれぬ」

ルーベンスがバルト王国への旅立ちを決意していた頃、フィンはハンスを手伝って農作業をしていた。

フィンはこうして農作業をするのが好きだったのだが、ウィニーの世話もあるし、何より師匠の体調が心配で以前のように集中できない。

それに、フィンも何となく嫌な予感がしていた。

「フィン！　無理をしなくても良いぞ！」

ハンスは心ここにあらずのフィンが師匠のことを心配しているのだろうと、声を掛ける。

「何だか嫌な予感がするんだ。師匠ったら変なことを考えているんじゃないかな？　管理人さんにお酒は飲ませないでと頼んで来たけど、ちゃんと断りきれるかな？」

「そりゃあ、国に一人しかいない上級魔法使いに逆らえる人間なんていないさ。お前は畑仕事より、もっと大切なするべきことがあるんじゃないのか？」

「お酒も心配だけど、昨日も旅に出たいと言っていたんだ。もう少し休養した方が良いんだけど……もしかすると、俺を置いて旅に出ようとしてるのかも！　ハンス兄ちゃん、レオナール卿の屋敷に帰るよ！」

フィンは勝手にルーベンスが旅に出ようとしているのだと結論づけ、慌てて屋敷へ走る。

そして、勢い良く部屋の扉を開けた。

「師匠！　……まさかもう旅に？」

いつも座っている長椅子にルーベンスの姿が見えないので、フィンは焦る。

「馬鹿者！　お前はもう少し落ち着きなさい！」

少し足慣らしでもするかと、庭を散歩していたルーベンスは、弟子の気配を感じ取って屋敷に戻って来た。

「てっきり、俺を置いて旅に出たのかなと思ったんだ。何だか嫌な予感がしたからさぁ」

ルーベンスは、自分だけでなくフィンも何か感じ取っているのだと気づき、真剣な顔をする。

「師匠？」

フィンは心配そうにルーベンスの顔を覗き込んだ。

こんな純粋な弟子を腐臭のする場所に近寄らせたくないと、ルーベンスは心を悩ませる。

しかし、事態は一刻を争う。悩んでいる暇はない。

「まずは、バルト王国を訪問しているアンドリューを帰国させる。キャリガン王太子の一人息子だからな」

フィンは自国の王族の安全を師匠が考えるほど、何か悪いことが進行しているのだと悟った。

そして、バルト王国にもシラス王国にも影響を及ぼすようなことといえば……。

「まさかフレデリック王が亡くなるのですか？　でも、それはシラス王国にとってはいいことなんじゃ？」

確かに、旧帝国を復活させるだなんて誇大妄想的な野心を燃やすフレデリック王が崩御するのは、本来はありがたい。だが、ルーベンスを悩ませるこの嫌な予感は、そんな単純なことではないと彼に告げていた。

「兎に角、師匠だけでは旅に出させませんからね！」

いつもなら危険だと言ってフィンを置いていくところだが、ルーベンスは自分が老いたことにも気づいていた。経験値から考えてもフィンを闇に関わらせるのはまだ早いが、腹を括った。

「なら、もっと落ち着いて行動するべきだな。バルト王国では、お前も上級魔法使いの弟子として外交デビューだ」

「えっ、外交！　俺が？」

「俺ではなく、私と言うのだ！」

まずは言葉使いから教えていかなければ、とルーベンスは深い溜め息をついた。今回倒れたことで、やっとフィンの教育に本腰を入れる気になったのだ。

「外交？　俺には……痛い！　私には無理ですよ」

早速言い間違えて師匠に拳骨をもらい、頭を擦りながらフィンは抗議する。その姿は農作業中だったのもあり、確かに外交官には見えない。

「お前一人で外交をしろとは言っておらぬ。私の付人として外交のいろはを学ぶのだ。いずれは役に立つだろう。だが、その前に服装を整えねばならぬな」

吟遊詩人の弟子から外交官の付人へ変わっても、昇格したのか降格したのかわからず、フィンは首を傾げる。

しかし、上級魔法使いは魔法の技を修業しただけで務まるものではないとフィンも気づき始めていたので、余計な茶々は入れない。

「服なら、生地を買って来たらお母さんが縫ってくれるよ」

「それでは時間がかかるなぁ。ううむ……付人なら新品でなくても良いか……。あそこには二度と行かないと決めていたが……そうだ、今ならバーナードは海賊討伐で忙しいから領地にはいないだろう」

サリヴァンから帰還命令が来る前に、とルーベンスは急ぐ。

「フィン、これからマーベリック家に行くぞ。ウィニーに荷物を乗せなさい」

「えっ、あれほどマーベリック一族に近づいてはいけないと注意していたのに、いいんですか？」

「良いのだ！　どうせあやつは海の上さ」

マーベリック家に行くと聞いたフィンは、青い瞳のフローレンスを思い浮かべ、少しドキドキする。

まだ本調子でないルーベンスは、カザフ王国からの嫌な予感と、帰還命令の回避に気を取られ、弟子の微妙な心の動きに気がつかなかった。

『さぁ、まずは西に飛んでくれ！』

慌ただしい出立に、屋敷の管理人は右往左往していたが、ルーベンスは「世話になった」と一言で別れを告げる。

「あのう、レオナール卿に行先を報告しなくてはいけないのですが！」

苦手な竜と、国一番の魔法使いが旅立ってくれるのは歓迎だが、レオナール卿からしっかりと休養させてくれと命令されていた管理人は、飛び立つ竜の下から叫ぶ。

「私の家に帰ったと言えば良い！」

フィンは、師匠の家だなんて言ったら、普通はルーベンスの塔だと誤解するだろうと思ったが「余計なことを口にしないのが、外交官になるための第一の教えだ！」と後ろから言われて、口を閉じた。

西へ飛び続けると、大きな川が見えてきた。

「あの川を下った場所に城がある。そこがマーベリック家だ」

「屋敷じゃなくて、お城？」

フィンが驚いているうちに、遠くに立派な城が現れた。

「ああ、マーベリック一族はこの川の往来を管理して昔から繁栄していたのだ。それに、この地は交通の要所であると同時に、防衛拠点でもあったのだが……」

アシュレイの防衛魔法があるので、シラス王国の中での戦闘は三百年起こっていない。

不要となった拠点に居座り続けるのではなく、今防衛魔法のない海岸線を護りたいと言って、現マーベリック伯爵であるバーナードは、サザンイーストン騎士団に入ったのだ。

野心家で油断できない男ではあるが、昨今のサリヴァンの腐った貴族よりはマシだとルーベンスも認めていた。

城に近づくにつれ、フィンは落ち着かなくなってきた。

（フローレンスも夏休みだから帰省しているよね。お父さんがマーベリック伯爵の家令をしていると言っていたから……）

ちょっと気になっている女の子の父親に会うのは、気恥ずかしく感じる。

普段なら、人間関係に鋭いルーベンスだが、今回は体調不良だからか、それとも何十年ぶりの実家訪問で気持ちが高ぶっていたからか、フィンの様子に気づかなかった。

城の上を旋回する竜を見ようと、わらわらと人が出てきた。

「あれはウィニーだわ！」

アシュレイ魔法学校で竜を見慣れているフローレンスが、真っ先にウィニーだと気づいて皆に安心するように伝える。

「誰が……まさか、ルーベンス様が帰って来られたのか？」

父親に尋ねられ、フローレンスは目を凝らしながら、「多分、ルーベンス様と弟子のフィンだと思う」と教える。

「部屋を用意しなさい！」

フローレンスの父は召使いに命令しながら、家令として失礼のないようにお出迎えしなくてはと張り切る。

「やれやれ、まいったな……ウィニーで正体がバレてしまった。まぁ、いずれはわかるのだから仕方ないが、騒ぎが大きくなるのはな……」

召使いが中庭を開けてくれたので、ウィニーは難なくマーベリック城に着陸した。

「ルーベンス様、お帰りなさいませ。マーベリック伯爵は留守にしておられますが、家令のダルトンがお世話させて頂きます。すぐに伝書鳩を飛ばして……」

バーナードの留守を狙って訪問したルーベンスは、即座に「無用じゃ！」と遮る。

「ここに寄ったのは、私とこの弟子の服を整えるためだ。私はこれからバルト王国へアンドリュー殿下をお迎えに行くのだが、このなりでは格好がつかない」

ウィニーから降りると同時に用事を言いつけ出したルーベンスに、家令のダルトンはあたふたする。

『ウィニー、疲れてない？　餌を食べておく？』

『疲れてはないけど、バルト王国に行くなら食べておこうかな？』

遠くからウィニーとフィンを見ていたフローレンスが、父親に竜の餌の手配も必要だと教える。

「おお、そうでした！　竜は何を食べるのでしょう？」

「普段なら鶏を一羽程度なのですが、今回は少し多めに食べさせておきたいのです。だから、山羊の脚でもあれば……」

言葉の途中で、召使いに「山羊の脚を持ってこい！」と命じるダルトンの張り切りように、フィンは少し呆れる。

「さぁさ、ルーベンス様！　長旅でお疲れでしょう。お風呂を用意させますので……」

鬱陶しいぐらいの熱烈歓迎ぶりに、ルーベンスはここに来たのは間違いだったかと少し後悔しながら、勝手知ったる城の中に入る。

「ルーベンス様～！　そちらは広間に改築しているのです」

召使いの一団を引き連れたダルトンが、ルーベンスと城の中に消える。

中庭に残されたフィンは、ウィニーに餌をやりながら、側に立っているフローレンスの可愛さにくらくらしていた。

（わぁ～！　ブルーの小花柄のワンピース、とても似合っているよね～。駄目だ、フローレンスはこんな立派なお城で育ったんだもん。やっぱり俺なんかじゃ……）

フローレンスは、ルーベンスの案内は父親に任せて、ウィニーが餌を食べ終わるのをフィンと待っていた。

「フィンさん。あのう、何をしに来られたの？」

「フィンでいいよ。それに、敬語もやめて欲しいな。なんだか慣れなくて。師匠はきっと服を調達するつもりなんだ。迷惑をかけちゃうね」

「じゃあ……フィン。迷惑ではないけど……どうしてこの城で？　ルーベンス様はマーベリック一族と決別したと聞いていたけど……いえ、訪問されたのを嫌がっている訳じゃないのよ！」

遠来の客に対して失礼だったと真っ赤になるフローレンスが可愛くて、フィンはつい微笑む。

「わかっているよ。師匠はマキシム王からサリヴァンに帰って来いと命令されるのが嫌で、絶対に探されないマーベリック城を選んだんだよ。皆も師匠が決別したのは知ってるからね。これからバルト王国にアンドリュー殿下をお迎えに行くから、師匠も俺……いや私も服装を整えなきゃいけないんだって」

フローレンスは納得したように頷きながら、先ほどから少し気になっていることを質問する。

「あのう……フィン。何故、金髪に染めているの？」

「ええっと……これは機密なんだよ」

「機密？」

目を丸くするフローレンスに、フィンは苦笑いする。

「早く髪が伸びてくれたらいいのになぁ。このままじゃ格好悪いよ」

「そんなぁ、格好悪くはないけど……でも、フィンらしくないかも……」

フローレンスの視線に自分への好意が混じっているのに気づいて、フィンの胸が高鳴る。

勇気を出して、先ほど思っていたことをフローレンスに伝える。

「フローレンスのワンピース、とても似合っているよ」

「ありがとう……」

フィンとフローレンスは、ウィニーが山羊の脚を食べている間、お互いに意識しながらポツポツと話をする。ルーベンスが普段の調子だったら、絶対に二人っきりにさせなかっただろう。

ウィニーが満腹になり昼寝を始めたので、フィンはフローレンスに案内されてマーベリック城に入った。

「師匠はどこなのかな？」

「多分、父がうるさいほどお世話をしているのでしょう。客間に案内します」

フローレンスは丁寧(ていねい)な口調に戻り、令嬢(れいじょう)としてフィンを案内する。

フィンは、フローレンスの後に続いて、大きな玄関ホールを通り過ぎ、螺旋階段を上る。二階に上がる途中でダルトンの「お風呂を用意しろ」「客間を整えろ」と命令する声が聞こえてきた。

「父は、ルーベンス様の突然の訪問でパニックになっていますわ。このままでは、お客人も落ち着かないでしょう。でも、きっと母がお世話をしてくれますから、安心してください」

あまりの鬱陶しさに師匠が雷を落とすのではと心配していたが、フローレンスの推測通りに、家令夫人の注意が入った。

「貴方、そんなに騒ぎ立てててはルーベンス様が落ち着けません。それに、お茶を差し上げなくてはいけませんわ。そして、貴方は少しの間、口を閉じておきなさい。ルーベンス様、失礼いたしました。私はエルミナ・マーベリックと申します」

フィンが客間に着いた時には、エルミナが優雅な様子でルーベンスにお茶を勧めていた。背の高いダルトンは夫人に黙らされ、横で所在なげにお茶を啜っている。

「お母様、こちらがフィンさんです」

「突然の訪問で、ご迷惑をお掛けします」

客間に入って来た二人を見て、ルーベンスは、フローレンスの存在を忘れていたと片眉を上げた。

「エルミナ夫人、長逗留するつもりはないのです。これから私達はバルト王国を訪問するのですが、この格好では礼儀に反すると思い、古い服でもないかと古巣を訪ねたのです」

マーベリック城を実質的に管理しているのはエルミナ夫人だと察したルーベンスは、さっさと用事を済ませて立ち去りたいので丁重な態度で頼む。

「ルーベンス様の服なら、伯爵のものがぴったりでしょう。フィンさんは……若君の小さくなったもので良ければ、すぐに用意ができますわ」

やはり夫人に頼んで正解だった、とルーベンスは満足そうに頷いた。

家令夫人とお茶を飲んでいる間に、召使い達がテキパキと働き、風呂も服もすぐに準備された。

「師匠、長風呂は控えてください」

いちいち細かく注意する弟子に腹が立つが、ルーベンスも今は健康に注意を払っているので、サッとお湯に浸かって、新しい服に着替える。

「あのバーナードと同じサイズだとは……まぁ、こういう時は役に立ったな」

夏物の礼服まで用意してくれたエルミナ夫人にお礼を述べていると、フィンが着替えてやって来た。

上等な麻のシャツと絹の上着、そして灰色のズボンを穿いたフィンは、クルクルと落ち着かない髪の毛以外は、外交官の付添いに相応しく見えた。

「若君の服を置いておいて宜しかったですわ。少しだけ袖や裾が長いようですが、そのくらいならすぐに直せます」

「まぁまぁ似合っておる。馬子にも衣装だな。それにしても、その髪の毛はどうにかならないのか？　中途半端な長さなのが良くないのだろう。もう少し伸ばせば、後ろで括れるのに」

シラス王国では、軍人や農民は髪を短く刈り上げているが、貴族や魔法使いは伸ばして後ろで括っている人が多い。

フィンは、農作業の邪魔になるので、いつもは夏休みになるとお母さんに切ってもらっていた。今年はそんな暇がなく、伸ばしっぱなしだったのだ。

「でも、今は金髪に染めた部分も残っているし……わかりました」

文句を言いかけたが、ルーベンスにギロリと睨みつけられて口をつぐむ。

大人になるとアレコレ面倒だなぁと溜め息をついていると、エルミナ夫人に捕まり、そのまま別室に連れていかれた。

強制的に髪を整えられたり、「中途半端な金髪はみっともないですわ」と茶色に染め直されたり、酷い目に遭った。

「これで良いでしょう！」

髪の毛を茶色に染め直している間に、少し長かった袖や裾も直された。ぎゅうぎゅうとブラシで梳かされたフィンの髪を、エルミナ夫人は満足そうに眺める。

「フィン、ごめんなさいね」

「なんだかマイヤー夫人を思い出しちゃったよ」

フィンがフローレンスとこそこそ喋っているのを見て、ルーベンスはようやくいつもの危機感を取り戻し、もう夕方だというのに旅立ちを急ぐ。

「さぁ、フィン！　バルト王国に出発だ」

「そんなぁ、一泊ぐらいはなさってください」

引き止めるダルトンを振り切って行こうとするルーベンスの前に、ドレスに着替えて来たエルミナ夫人が現れた。

「さぁ、ルーベンス様。食堂までエスコートしてくださいませんか？」

エルミナ夫人は、優雅に微笑んで手を差し出す。

貴婦人の手を拒むことは、貴族育ちのルーベンスにはできなかった。

「フィン、お前はフローレンスをエスコートしなさい」

こうなればフィンに社交界のマナーの練習をさせようと割り切る。

ポッと頬を染めたフィンがぎくしゃくとフローレンスをエスコートしているのを眺めながら、一時だけマーベリック一族への警戒を緩めた。

（このエルミナ夫人なら、娘にフィンの寝込みなど襲わせたりはしないだろう）

バーナードは信頼できないが、どうやら家令家族は真っ当な考えを持っていそうだ、と安心しながら、ルーベンスは懐かしい食堂で故郷の料理を食べた。

# 十九　バルト王国訪問

バルト王国の乾燥した夏空に、グラウニーが飛んでいる。大きく旋回すると、王宮の前庭に降り立った。

「かなり遠くまで飛行したみたいだね」

王宮のバルコニーでアイーシャとバター茶を飲んでいたアンドリューは、待ちくたびれたと立ち上がって歩き出す。しかし、それよりも早く、バルト王国の王族の衣装を翻しながら、アイーシャがグラウニーに駆け寄った。

「お兄様、グラウニーに乗るのも慣れたようね」

ファビアンの後ろから軽々と降りたアルド王太子に、アイーシャが笑いながら話しかける。

「アイーシャ、いつまでもからかわないでおくれ」

伸びやかな若木のようなアルド王太子は、初めて竜を見た時のことを思い出して苦笑する。

シラス王国に留学中の妹から竜がいると手紙で知らされてはいたが、きっと大きなトカゲの一種だろうと高を括っていたアルド王太子は、実物を目の前にして驚きのあまり腰の半月刀を抜きそうになり、周囲から必死に止められたのだ。

「ファビアン、今度は私を乗せてくれ」

「ええっ、私が先よ！　私の方が先にグラウニーを迎えたんだから」

アンドリューが頼むと、負けじとアイーシャも頼み出す。

アルド王太子は我が儘な妹が外国に嫁いで上手くいくのかと心配していた。しかし、どうやらお似合いのカップルのようだと笑いを噛み殺す。

「ファビアンもグラウニーも少し休憩した方が良いだろう。テムジン山脈まで飛行して来たのだから」

アルド王太子はそう言うと、どちらが先に乗せてもらうか痴話喧嘩を始めている二人と、ファビアンをテラスに先導する。

隣国のアンドリュー王子の接待を若いアルド王太子に任せたのは成功だったと、王宮の中から様子を見ていたルルド王とザナーン宰相は安堵した。

「アルドには良い経験になったであろう。少しずつ外交も覚えなくてはいけないからな」

遊牧民のバルト王国は、他の農耕民族の王国と考え方や生活習慣に違いがあり、あまり交流は盛んではなかった。王族教育も武術や軍事を中心に行っていたが、カザフ王国がこれほど勢力を増してきている現状では、今まで通りでは済まされない。

「アンドリュー殿下とアイーシャ姫の仲が良さそうで、ホッといたしました」

アイーシャの外祖父であるザナーン宰相は、我が儘な二人だが意外と相性は悪くなさそうだと胸を撫で下ろす。宰相としての判断でアイーシャを政略結婚の道具にしたが、幸せを望む祖父心も持っていた。

「そうだな、リュミエラも安心するだろう。それに、アイーシャは魔法学校での生活を楽しんでいるようだ」

可愛い娘を手元に置いておきたい気持ちもあるが、女性がより自由に暮らせるシラス王国の方が気儘なアイーシャには向いているのかもしれない、とルルド王は髭を撫で付けた。

バルト王国とシラス王国の王族に囲まれてバター茶を飲んでいたファビアンは、グラウニーからいち早く『ウィニーがこちらへ向かっている』と知らされた。

「アンドリュー殿下、ウィニーが来るという話は聞いておられますか？」

休憩後もアイーシャと言い争っていたアンドリューは、ファビアンに小声で尋ねられて驚く。

「いや、カンザス大使もそんなことは言っていなかった。何か異変でもあったのだろうか?」

　竜好きとしては、ウィニーがバルト王国に来るのは大歓迎だが、物見遊山ではないだろうと思った。しかし、アルド王太子やアイーシャの前なので、陽気に振る舞う。

「どうやらウィニーもやって来るようです。そうなれば、竜に乗る順番でアイーシャと喧嘩しなくて済むので助かりますね」

　アイーシャは「そうね!」と相槌を打ったが、何か変だと感じていた。アンドリューがバルト王国を訪問すると決まった時に、ウィニーと一緒に来て欲しいとフィンに頼んだが断られた。どうした風の吹き回しだろう、と気になる。

　そう話している間に、小さな竜の影が見えて来た。

「ウィニーだ!」

　アイーシャとアンドリューが空を見上げている間に、どんどんと影が大きくなる。アルド王太子は、先ほど乗せてもらったグラウニーよりも大きいと驚いた。

「お兄様、ウィニーはグラウニーより一つ年上だから大きいのですよ。それに、とても優しいの。贈った絵本は読んでくださった?　『可愛いウィニー』のウィニーなのよ」

　王宮の庭に舞い降りたウィニーは、グラウニーよりも大きく、流石に可愛いとは言えなかったが、アンドリューとアイーシャは熱烈に歓迎している。そのギャップにアルド王太子は噴き出した。

「どうやら、シラス王国の守護魔法使いのお出ましですな」

ルーベンスがやって来たのを見て、ザナーン宰相が揉み手をしながら出迎える。

「ようこそバルト王国へ」

いつもはくたびれた服を着ているルーベンスだが、今日はピシッとした身なりをしている。ウィニーから降り、ザナーン宰相と握手している姿は、守護魔法使いとしての威厳に満ちていた。その後ろで控えているフィンも、髪を整え、服装もピシッと決まっている。

ファビアン達は、初めて見る二人の姿に驚いた。

「へぇ、フィンもまぁまぁ見られるわね」

アイーシャの言葉に、アンドリューは少しだけモヤッとする。

ルーベンスと二言三言交わしたザナーン宰相は、ルーベンスに王宮へ入るよう促した。

「フィン、お前も付いて来なさい」

ウィニーの世話はファビアンに任せて、フィンもルーベンスに続いて王宮の中に入る。

## 二十　外交って大変そうだ

バルト王国の王宮は岩窟都市の最上に位置している。それなのに、中庭には木々が繁り、噴水がキラキラと光を反射していた。遥か彼方のテムジン山脈から、魔法陣を使って水を引き上げているからできる芸当だ。

フィンは師匠の付人として、ルルド王とザナーン宰相との話し合いに立ち会っていたが、はじめに名乗った後は「お前は口を開けるな！　今回は黙って観察しているのだ」という言い付けに従って無言を貫いていた。

最初は緊張して一言一句を追っていたが、社交辞令が延々続くと、つい中庭に目がいってしまう。

（こんな山の上まで水を上げるなんて大変だよなぁ。水の魔法陣があってこそのカルバラの暮らしだけど……どうなっているんだろう？）

ルーベンスと宰相が真剣な顔でカザフ王国の変化について話し合っていたら、フィンも真面目に聞く気になっただろうが、外交とはそんなものではない。

まずはお互いの腹を探りながら、アンドリュー殿下の訪問を歓迎したり、アイーシャ姫の留学の様子を伝えたり、世間話に花が咲いていた。

そういった社交辞令も学んでいかなくてはならないのだが、フィンは師匠と宰相の話がいつまで続くのかとうんざりする。

（折角、カルバラに来たんだから、アイーシャの師匠に水の魔法陣を海の上に掛けられないか、質問してみたいなぁ……）

落ち着きのないフィンにも、流石に王宮の噴水に掛けてある魔法陣にちょっかいを出さないだけの良識はある。

視線を庭から師匠達に戻し、何を目的に世間話をしているのか観察することにした。

（師匠と宰相は……まるで古狐同士が騙し合いをしているみたいだ。それを笑顔で聞いているルルド王は狼みたいだな。じゃあ、俺、いや私は卵から孵ったばかりの雛ってところかな？）

話すのは宰相に任せて、黒い目を光らせてシラス王国の守護魔法使いを観察しているルルド王が、フィンには少し怖く感じられる。

フィンの視線を感じ取ったルルド王は、目聡く話題を変えた。

「フィンにはアイーシャが世話になっているようだ。あの子が手紙で知らせて来た。何か褒美をとらせよう」

ルーベンスと宰相は、ルルド王の言葉に謙遜したり、同調したりと賑やかだ。しかし、フィンはルルド王の目に射すくめられて、戸惑ってしまう。

「私は別にアイーシャ姫の面倒なんか……」

断ろうとしたフィンの言葉を遮るように、宰相が屋敷への招待を申し出た。

「美味しいヤグー酒も用意いたしますので、是非ルーベンス様もいらしてください」

倒れたばかりの体にきついヤグー酒なんか飲ませられない、と断ろうとしたフィンの脛を、ルーベンスが蹴って黙らせる。

「私はヤグー酒に目がないのです。喜んでご招待をお受けします」

王宮での宴会より、宰相の屋敷でじっくりと話し合う方を選択したルーベンスは、さっさとバルト王国訪問を切り上げて、きな臭いカザフ王国の調査に出向きたいと考えていた。

「では後ほど屋敷にお伺いいたします」と宰相に別れを告げて、ルーベンス達は王宮を辞した。

王宮の近くにシラス王国の大使館がある。フィンとルーベンスは、カンザス大使との話し合いをするためにひとまずそこへ向かった。

「おお、アンドリュー殿下！　そしてルーベンス様、こちらに来られるとは聞いておりませんでした」

カンザス大使は、外交官にしては武芸も達者だ。きびきびとルーベンス達を出迎える。なよなよとした外交官はバルト王国では嫌われると判断したマキシム王が選んだだけあり、フィンも好感を持った。フィンもサリヴァンで贅沢ばかりしている一部の貴族が大嫌いになっていたのだ。

「ウィニーの世話はこのままファビアンに任せて、フィンは一緒に付いて来なさい」

最近、長距離飛行が続いているウィニーが心配なフィンは、ルーベンスに促されても躊躇する。

「でも……」

ルーベンスは気が短い。それに長旅の疲れもあって、今は弟子の口答えを聞ける気分ではない。青い瞳に癇癪の影がさしたのを見て、フィンは口をつぐみ、ウィニーをファビアンに任せることにした。

「大丈夫、ちゃんと世話をしておくよ」

ファビアンも、いつもより余裕のないルーベンスの態度と急な訪問から異変があったことを察知していたので、ウィニーの世話より大切な問題に集中するべきだとフィンの背中を押す。

「餌をたっぷり与えて、休憩させておいてね」

長身の師匠ときびきびしたカンザス大使の後ろを、フィンは早足で付いて行く。

「何があったのかな?」

フィンが立ち去った後、アンドリューは、ウィニーとグラウニーの世話を手伝いながら、疑問を口にする。

「さぁ。でも何もなければルーベンス様が来られることはないでしょう。もしかして……」

ファビアンは王宮で、ウィニーからサリン王国に行ったと聞いていたので、何か政変があり、それでアンドリューを迎えに来たのでは? と推測していた。

サリン王国との国境を守備するノースフォーク騎士団に入団予定の身としては、どのような政変が起きたのか心配でならなかったが、自分が知るべきことならいずれ団長や父親が教えてくれるだろうと堪える。

「兎に角、ウィニーにたっぷりと餌をあげよう」

ファビアンは呑気なアンドリューに呆れたが、今はそれしかできないのだと気持ちを切り換えた。

ウィニーが汁気の多い山羊を食べていた頃、大使館ではカンザス大使がルーベンスから説明を受けていた。

「なるほど、カザフ王国のフレデリック王が……でも、それはシラス王国にとって吉報ではないでしょうか？　この好機にバルト王国との同盟関係を強化して……」

フィンも同じ意見だが、ルーベンスの横顔は厳しい。

「フレデリック王が病に倒れただけではない気配がするのだ。何とも言えぬ腐臭が漂っている。それに、後継者が決まっていないことが乱世を呼び寄せるかもしれぬ。カザフ王国の後継者争いが、どうシラス王国に影響を与えるかもわからぬのだ」

サリン王国でチャールズ王子を廃そうとした輩の裏には、カザフ王国のルード王子の影がちらついていた。北のモンデス王国からサリン王国へ侵攻し、その軍功を掲げて、後継者争いを優位に進めようとする意図が見えた。

確かに師匠の言う通り、油断はできないとフィンは頷く。

「フレデリック王の王子達は、それぞれの派遣された国で自分の戦力を蓄えておる。それを王座争いだけに使うなら、シラス王国も少しは楽になるのかもしれぬが、どうもそう上手くは行かない気がする。兎も角、政情が不安定になるのは確かなので、アンドリュー殿下は帰国した方が良い」

カンザス大使は、バルト王国との友好関係を築く良いチャンスなのにと残念に思ったが、それ以上に世界情勢の緊迫を感じ、拳を握りしめて承諾した。

「わかりました。私はここで、カザフ王国の手がバルト王国に伸びて来ないか監視しております。サリン王国と同盟し、バルト王国を挟み撃ちにしようとしていた政策を反故にして、騎馬隊を自軍に取り込もうとする王子がいるかもしれません。王座を手に入れるためなら、どのような好条件を出すかわかりませんからね」

今はカザフ王国とサリン王国の挟み撃ちに対抗して、シラス王国と同盟を結んだバルト王国だが、数ある王子の一派から「王座を獲得するのに協力してくれたら、シラス王国をバルト王国に……」とか「サリン王国をバルト王国に……」とか裏協定を申し出られる可能性もある。

特にサリン王国に策略を仕掛けたルード王子は、バルト王国とも国境を接する北国モンデス王国に派遣されているので要注意だ。

「まぁ、どの王子も流石に我が国に甘い言葉は掛けて来ないでしょうが……それでもお気をつけください。サリヴァンには各国の誘惑の手が伸びています」

贅沢三昧の生活をしているサリヴァンの貴族の中には、昨年から続く海賊による商船の襲撃によって、困窮する者も出ている。その者達に暗い誘惑の手が伸びるのを、カンザス大使は遠いバルト王国から心配していたのだ。

「それはわかっておる。まずはカザフ王国の情勢を調べなくてはいけないが、海賊も必ず一網打尽にする！」

フィンは、そう言い切った師匠の横顔を見て、ゾクゾクッと身震いした。

「カザフ王国のロイマールまで行かれるおつもりなのですね。お気をつけください」

シラス王国の守護魔法使い自らが潜入調査しなくてはならない事態に、カンザス大使は諜報機関への梃入れの必要性を感じた。

フィンは師匠と大使の会話に口を挟むことなく聞いていたが、外交は大変そうだなぁと溜め息を押し殺すのだった。

大使との話し合いを済ませたルーベンスは、風呂に入り、宰相宅への招待まで少し休むことにした。油断できない古狐ザナーン宰相との宴会を、万全の態勢で迎えたかったのだ。

ルーベンスがベッドで休んでいる間に、フィンはウィニーに会いに行ったが、ファビアンからたっぷりと餌をもらい、満腹でお昼寝中だった。

「ファビアン、ウィニーは明日には飛べそう？」

「飛べるとは思うけど、そんなに急ぐのか？」

ルーベンスとフィンはできるだけ早くサリヴァンにアンドリューを連れて帰り、きな臭いロイマールへ向かいたいと考えていたが、怪訝そうなファビアンにどこまで説明したものか躊躇う。

「あっ、フィン！　やはりここにいたのか」

バルト王国に突然やって来た理由を尋ねようと、アンドリューはフィンを探していたのだ。

「アンドリュー殿下……ええっと、何かご用ですか？」

師匠から余計な口をきくなと厳命されているフィンは、思わず身構える。

「フィン……そんなに嫌な顔をしなくてもいいじゃないか」

アンドリューは露骨に警戒したフィンに文句を言いながらも、やはり只事ではないのだとピンとくる。ファビアンも、こんなにあからさまだと疑ってくださいと言っているのと同じだと肩を竦めた。

「カンザス大使から急に私達が帰国することになったと告げられたが、理由を聞いてもはっきりと答えてくれないのだ。まだ新学期までは日にちもあるのに、何故帰国しなくてはいけないのだ？」

カンザス大使が帰国する理由を伏せたのなら、それを自分から言う訳にはいかないとフィンは困り切る。

「どうしても理由が知りたければ、カンザス大使に再度聞いてください。私はウィニーとグラウニーの体調を管理するだけです」

行きと同じように、馬で帰国するものだと思っていたファビアンは驚いた。

「えっ、お付きの武官や貴族はどうするのだ？」

「その人達はアイーシャが魔法学校へ戻る時に一緒に来てもらうか、先に帰ってもらっても良いと思うよ。それより、グラウニーは長距離を二人乗せて飛べるかな？」

ファビアンは、フィンがこれ以上の情報を教えるつもりがないのだと悟って、質問に答える。

「バルト王国までは、アンドリュー殿下やアイーシャ姫の行列に合わせて飛んでもらったから、何度も休憩を挟んでいた。帰りは一気に飛ぶのか？」

「いや、途中で休憩はするつもりだよ。師匠も……何でもないよ」

ルーベンスが倒れたことは秘密だったと、フィンは口を閉じた。その不自然さに、ファビアンとアンドリューは「ルーベンスに何かあったのだ！」と気づく。

二人に詰め寄られて、フィンはつくづく外交官に向いていないと内心で愚痴る。

「師匠も高齢だから休憩を何回か挟むつもりってことだよ。あっ、俺も風呂に入ってから宰相の屋敷に行きたいから……じゃあね」

確かにルーベンスは高齢だが、それは今までもそうだった。慌てて何かを隠そうとするフィンの様子に、ファビアンとアンドリューの疑いは深まる。

「ちょっと待った！　もしかしてルーベンス様は体調不良なのか？」

シラス王国の守護魔法使いが倒れたりしたら、あのアシュレイが掛けた防衛魔法はどうなるのだ！　王族として放置できない重大問題だ。

アンドリューに腕を掴まれて、フィンは観念した。どうせサリヴァンに帰ったら、ルーベンスが倒れた件は耳に入るのだ。

「サリン王国から帰国した途端、師匠が倒れたんだ。だから、あまり無理をさせたくないんだよ」

「ルーベンス様が倒れたのか！」

「フィンが側に付いていたのに？」

グラウニーの魔法修業のオマケにルーベンスに指導を受けていたファビアンは、常にフィンがルーベンスの体調に気をつけて治療しているのを知っていた。それに、フィンの治療の技は国で一、二を争う腕前にまで上達していると感嘆していたのだ。

「それが……俺はチャールズ王子が幽閉されていた屋敷に潜入していて、師匠とは別行動だったんだ。それにかなり心配を掛けてしまったから……本当はサリヴァンで安静にしていた方が良いのかもしれないけど……」

「チャールズ王子が幽閉！　何が起こったのだ？」

余計なことまで教えてしまったフィンは、遅まきながら口を閉ざす。

「もしかして、カザフ王国の陰謀なのか？」

アンドリューは、ぐいぐい質問してくる。他国とはいえ、年の近い王族の危機にアンドリューは真剣な目をする。

「チャールズ王子は大丈夫だよ。俺からは詳しく言えないから、サリヴァンに帰ったらキャリガン王太子に聞いてください」

アンドリューはいずれシラス王国の王になるのだ。カザフ王国の陰謀や王子達の覇権争いについて知っておくべきだと王太子が判断すれば、教えてもらえるだろう。

「わかった！　兎に角、私が緊急で帰国しなくてはいけない事情があるのだな。なら、アイーシャやアルド王太子に帰国の挨拶をしてこよう」

シラス王国の第二王位継承者である自分を帰国させたいと守護魔法使いが判断したのなら、素直に従おうとアンドリューは納得した。

ファビアンは、我が儘殿下が一つ大人になったと無言で頷く。

「やれやれ、つくづく俺は外交官に向いていないよ……」

どうにかアンドリューの質問をかわせたが、かなり余計なことを言ったと、フィンは大きな溜め息をついた。

## 二十一　狐と狐の騙し合い

バルト王国の宰相であるザナーンの屋敷は、同盟国の守護魔法使いとその弟子を迎えるために大騒ぎになっていた。

「もっと前に仰って欲しかったですわ」

老妻に文句を言われたが、そもそもルーベンスが竜で突然飛んで来るなんて、古狐のザナーンでも予測不能だったのだ。とはいえ、遠来の客をもてなすのはバルト王国の伝統でもある。手を抜く訳にはいかない。

老妻は召使いを総動員して風の通る庭にランタンを下げさせたり、料理をさせたりしている。宴会の用意は彼女に任せても大丈夫そうなので、ザナーンは何故ルーベンスがやって来たのかと考え続ける。

王宮からは、アンドリューが急に帰国しなくてはいけなくなったと、ルルド王や接待をしてくれたアルド王太子、そしてアイーシャに別れの挨拶をしに来たと報告があった。

「自国の王族を緊急帰国させないといけない事態が発生しているのだろう。マキシム王はうちのルルド王よりかなり高齢だが、すこぶる健康だと大使から報告をもらっているし……魔法使いは長生きだからなぁ」

中年のルルド王より、高齢のマキシム王の方がもしかしたら長く生きるのかもしれないと眉を顰めたザナーンは、他にも高齢の王がいることに思い当たって目を見開いた。

「カザフ王国のフレデリック王は確か六十歳を超えているな！」

古狐は、何故ルーベンスがバルト王国にアンドリューを迎えに来たのか、理由をほぼ正確に推察してほくそ笑む。

「フレデリック王はサリン王国に王女を嫁がせて、我が国を挟み撃ちにする策略を練っていた。しかし、そのフレデリック王が死んだら……あの野心家の王はどの王子に跡を継がすのか決めていない。これは大失策だ！　チャンスかもしれない」

カザフ王国の実質的な支配は大陸のほぼ半分に及んでいるが、そのうちの何ヶ国かは嫁いだ王女が産んだ王子を立てている。

「幼い王子なら母親の実家であるカザフ王国の言いなりになるだろうが、いつまでも上手くはいかない。それを監視するためにフレデリック王は息子達を派遣していたのだが、危篤となれば後継者に指名してもらおうとロイマールにぞくぞくと集まるだろう。砂糖に群がる蟻のように……しかし、空手でロイマールに行っても王座が転がり込みはしない」

バルト王国の騎馬隊は勇猛果敢だ。その武力を味方につけたいと考える王子も出てくるだろうと、ザナーンはほくそ笑む。

フレデリック王の崩御で、カザフ王国とサリン王国に挟み撃ちされる危機から脱せられるどころか、次代のカザフ王と連携を強める好機が訪れるかもしれないのだ。

ザナーンは、バルト王国にとって一番良い道は何かを考える。

「カザフ王国からの甘い提案を受け取って、その後どうなるのか？　援助した王子が王座に就いたら、我が国にはどの程度の利益がもたらされるのか？」

バルト王国は海を持たない。長年海への道を渇望していたが、ザナーンは騎馬民族の自分達に本当に海が必要なのか、という根本的な問いから考え始める。

「まるで呪縛のように海への道を求めていたが、騎馬民族の私達が船など操れるのか？しかし、貿易がもたらす利益は大きい。我が国の未来はどこへ向かうべきなのか？」

考える時の癖でセカセカと部屋の中を歩き回りながら、ザナーンはルルド王、そして孫のアルド王太子がより良くバルト王国を統治できるように、あらゆる選択肢をぶつぶつと呟いていた。

「お客様がいらっしゃる時間ですわよ」

召使いが何度か声を掛けてもザナーンの耳に届かないので、老妻が肩を叩いて現実に引き戻す。

「おお、もうそんな時間なのか。さぁ、シラス王国の守護魔法使い殿をお迎えしよう」

何通りものシナリオを考えていたザナーンだが、まずは同盟国のシラス王国の出方を見てからにしようと、揉み手をしながら好敵手を迎えに出る。

「言っておくが、お前は黙って食べておれば良いのだ。ザナーン宰相がアイーシャ姫について質問した時にだけ、短く答えておけば良い」

宰相の屋敷の前で馬から降りながら、ルーベンスはフィンにもう一度言い聞かせる。

「そんなのわかっていますよ。それよりヤグー酒を飲み過ぎないようにしてください」

ルーベンスはムッとして小うるさい弟子を睨みつけたが、ザナーン宰相自ら玄関まで出迎えに来たので、愛想よく微笑む。

「これは荒屋によくお越しくださいました」

「お招きにあずかり、遠慮なく押し掛けてしまいました」

ザナーンと師匠がお互いに腹を探り合っている間、フィンはこの立派な屋敷が荒屋なら、自分の家は何になるのだろうと呆れていた。

宰相の屋敷だけあって、高台からの眺望も素晴らしく、庭の提灯が異国情緒を感じさせた。

「さぁ、ここは風が気持ち良いのです」

宴席に着いたルーベンスとフィンは、ザナーンのもてなしを受けながら暫し歓談する。

フィンはルーベンスがヤグー酒を飲み過ぎないように見張りながら、次々と運ばれて来る料理を勧められるままに食べていた。

ザナーンは、口を開くなとルーベンスに言い聞かされているであろうフィンを、少し揺さぶってみることにした。

「こちらのフィン殿には、アイーシャ姫がたいそうお世話になったみたいですね」

直接質問されて答えないのも無礼なので、フィンは口を開く。

「いえ、私は別にお世話なんかしていません」

「そのような謙遜は必要ありませんぞ。アイーシャ姫の手紙には、フィン殿に竜に乗せてもらったと書いてありました。そうそう、シラス王国の竜は便利な存在ですなぁ。ファビアン殿の竜は、一瞬でテムジン山脈まで飛んで行くそうですぞ」

ルーベンスは、古狐が何の目的でフィンに話を振ったのか見定めようと、気を引き締める。

そして、余計な詮索をさせまいと話題を変えた。

「フィンにはバルト王国の曲を練習させているのです。まだ未熟者ではありますが、一曲披露させて頂きましょう。フィン、ザナーン宰相殿にお聴かせしなさい」

　フィンは、ザナーン宰相にあれこれ質問されるよりはマシだと、竪琴を弾き始めた。

「おお、上手いものですなぁ。フィン殿は竜に乗れるだけでなく、このように多才なのですね」

「いや、まだまだ修業中ですから」

　同盟国であるバルト王国に竜を駐在させろと要求するつもりでは、と警戒したルーベンスだったが、老獪なザナーンはもっと図々しいことを言い出した。

「そう、修業中といえば、フィン殿はアイーシャ姫から水占い師の技を習っておいでとか。しかし、アイーシャ姫はまだ修業の半ばで、お教えできることは多くありません。そこで、です。本来、水占い師の技は門外不出でございますが、アイーシャ姫もアシュレイ魔法学校で学ばせて頂いております。そのお礼を込めて、フィン殿にも水占い師の技を伝授させてください」

　ルーベンスは、百年も待った弟子をバルト王国に提供するつもりはない。ヤグー酒の入った杯を置くと、ザナーンの真意はどこにあるのか、真剣に探り始める。

「いえいえ、こんな落ち着きのないフィンを置いていくなど、どんなご迷惑をお掛けするかもわかりません」

　フィンは師匠にこき下ろされて、唇を不満げに突き出す。でも、カザフ王国に師匠を一人で行かせる訳にいかないので、ここは黙って竪琴を弾くことに集中する。

「何を仰るやら！　シラス王国の次代の守護魔法使いであるフィン殿ではありませんか」

この持ち上げ方は怪しい！　ルーベンスは、水占い師の身内の娘を押し付ける算段だと勘づいた。

「フィンは未熟者ですから、私の監視下に置いておきませんと、心配で夜も眠れません」

フィンを置いて出立する気はないと、ルーベンスはやんわりと断る。

（チッ、勘づきおったか！　弟子をカルバラに残して、水占い師から技を習わせている間に、可愛い娘とくっつけようと思ったのじゃが……まぁ、良い！　他の案にするだけだ）

ルーベンスが訪問する前に、あらゆる手をザナーンは考えていた。フィンを取り込めないのなら、別の要求で揺さぶる。この点では、王にも従わず癇癪持ちのルーベンスより、ザナーンの方が粘り強い。

「弟子を心配するのは当然のことです。残念ですが、水占い師の技はまたの機会に……」

ザナーンはそこで一度言葉を切り、わずかの間を置いて続ける。

「それにしても、最近は他国の政情に不安がありますな。この度、シラス王国と同盟を結んだことは喜ばしいのですが、依然として我が国との国境線に防衛魔法を掛けておられます。その上、無防備な我が国は、カザフ王国とサリン王国がいつ徒党を組んで攻め入って来るか不安と危機を感じながら暮らしているのです。アイーシャ姫をサリヴァンへ人質に出していることに不満を持つ武官も多いし……」

「アイーシャ姫は人質ではありませんぞ。アシュレイ魔法学校に留学しておられるだけです」

フィンへ娘を押し付けるつもりかと疑っていたルーベンスは、防衛魔法が目当てだったのかと、顔色は変えなかったが驚いた。

「防衛魔法はアシュレイが掛けたものです。私のような普通の魔法使いにはどうすることもできません」

「何を仰る。ルーベンス様がその防衛魔法を維持なさっておられるのでしょう」

ザナーンの黒い瞳とルーベンスの青い瞳の間に火花が散ったのが、フィンには見えた。

プチッと竪琴の弦を切ってしまったが、古狐二人は音楽が途切れたのにも気づかないほど、集中していた。

はじめは相手の出方を観察していたザナーンとルーベンスだが、次第に激しい討論になっていく。

「同盟を結んだというのに、我が国との国境線に防衛魔法を掛けておく必要はないのではありませんか？　その分をサリン王国と我が国との国境に掛けてくだされば良いのです」

図々しい要求にルーベンスは怒りを燃やしたが、口調だけは丁寧さを保つ。

「お恥ずかしい話ですが、あの防衛魔法をどうやってアシュレイが掛けたのか私は知らないのです。私の師匠から維持するやり方を教わり、それを愚直に守っているだけですから」

「まさか、守護魔法使い殿が……ご存知ないとは信じられませんなぁ」

演奏をやめていたフィンは、師匠が癇癪を起こすのではないかと冷や冷やする。

外交的にもまずいが、それよりも師匠の健康に響きそうで心配だ。

「それより、何故ザナーン宰相は国境に防衛魔法があることが目障り（めざわ）なのでしょう？　同盟を結んだ両国が争うことなどないのですから、防衛魔法は無用の長物ではありますが、あっても問題ないではありませんか？」

ザナーンはルーベンスに揺さぶりを掛け、シラス王国の本音を引き出したかったが、鋭く切り返されて舌打ちしたい気分になる。

（古狐はなかなか尻尾を出さぬな。やはり、ここは子狐を攻めるべきか）

二人の激論を心配しながら聞いていたフィンは、自分にザナーンの目が向けられてドキドキする。ルーベンスもザナーンの目が弟子を捉え（とら）ているのに気づいた。

（まずいのう……揺さぶりを掛けられたら、あやつはすぐに尻尾を出してしまう。こちらから攻めるか？）

ルーベンスが何から攻めようと思案している隙に、ザナーンがフィンに声を掛ける。

「おお、フィン殿の竪琴の弦が切れたみたいですな。ずっと演奏をして頂き、お疲れでしょう。さぁ、こちらでバター茶とお菓子でも」

鈍いと師匠によく叱られるフィンだが、ザナーン宰相が親切でバター茶を勧めてくれたのではないことぐらいは気づいた。

激しい火花を散らす二人の近くに寄りたくはないが、バター茶を自らカップに注いで、もてなそうとしているザナーンを無視することもできない。

フィンが渋々ルーベンスの横に座り、バター茶を受け取ると、早速ザナーンの攻撃が始まった。

「ルーベンス様は、防衛魔法の掛け方も知らないなんてご冗談を仰いますが、フィン殿は習っておいでなのでしょうね。カザフ王国のフレデリック王は、どうやら病の床につかれたみたいですから、我が国に攻め入るどころではないでしょうが、サリン王国はこの秋にもチャールズ王子とミランダ姫が婚姻をし、次の春には我が国に攻め入る準備をしているかと思うと……」

恐ろしくて夜も眠れないなどと言いつつヤグー酒を飲むザナーンが、フレデリック王の病を知っているのにルーベンスは驚いた。

「ザナーン様はフレデリック王が倒れたと仰っておいでですが、それは本当なのですかな？　どこから、そのような情報を手に入れられたのですか？」

フレデリック王が倒れたという情報は、まだ世間には広まっていない。それを知るためにはカザフ王国の関係者と接触する必要がある。

（まさか、もう王位を狙う王子から軍事同盟の話が持ち込まれたのか……？）

フィンを庇うのに気を取られ、いつもの鋭さに欠けていた自分に内心で歯噛みする。

フィンは外交の駆け引きなどわからないが、師匠がいつもより余裕をなくしているのに気づいて、倒れたばかりなのに無理をしているからでは、と心配した。

「おや、フレデリック王が倒れたことは、ルーベンス様がアンドリュー殿下をわざわざお迎えに来られたので、老いぼれた頭で推察しただけですよ。こんな草原ばかりのバルト王国に、大陸の半分を支配下に収めているカザフ王国の王子が協力を願うなどあり得ません」

ザナーンは笑いながら、ヤグー酒を勧める。

ヤグー酒に目のないルーベンスだが「この古狐め！」と腹を立てて、飲む気にもならない。

本当にカザフ王国から軍事同盟の話は来ていないのか？

疑いの目で見ると、ザナーンの笑顔が怪しく思える。

古狐は再びフィンに揺さぶりをかける。

「フィン殿、シラス王国の守護魔法使いの唯一の弟子である貴方は、同盟国である我が国のルルド王、そしてアルド王太子と長い付き合いになります。それにアイーシャ姫とも仲良くしてくださっていますよね。ルーベンス様はサリン王国との国境に防衛魔法を掛けられないと仰っていますが、どうにかなりませんでしょうか？」

フィンは師匠の顔色が悪いのが心配で、屋敷を訪問する前に何度も言い聞かされた「口を開くな！」という命令を忘れてしまう。

それに、これが外交上の問題なら答えようもなかったが、防衛魔法についてなら自分でも少しはわかる。

「師匠が先ほど言われた通り、私にもアシュレイがどうやって防衛魔法を掛けたのか、はっきりとわからないのです」

ルーベンスは口を開いたフィンに冷や冷やしたが、竜の魔力を使って防衛魔法を掛ける方法をバラさなかったのでホッとする。

しかし、フィンは機密だと思って話さなかったのではない。ウィニーと協力して防衛魔法を掛ける実験は自分ではなく師匠がしたのだし、アシュレイが三百年前にどうやって掛けたのかは推測でしかないので、素直にそう言っただけだ。

「まさか、本当にご存知ないと言い切られるのですか？」

フィンの言葉に嘘はないと、長年の経験から感じたザナーンだが、粘り強く揺さぶり続ける。

「ええ、でも……わざわざシラス王国の防衛魔法を掛けなくても良いのではないですか？　確かバルト王国の国境は、北はテムジン山脈、東と西は川でしたよね。サリン王国との国境線が川なら、そこに水占い師に魔法陣を掛けてもらって、水の壁などを作ったら良いのではないでしょうか？」

ルーベンスとザナーンは同時に「妙案じゃ！」「良い方法ですね！」と叫んだ。

ザナーンはカザフ王国の王子から今後誘惑の手が伸びたとしても、油断できない相手と組むのはバルト王国の将来を考えると得策ではないと思っていたが、血気にはやる軍部は飛びつきかねないと危惧していた。

それを退けるために、何かシラス王国から有益なことを引き出し、あわよくばサリン王国との国境に防衛魔法を掛けさせようと今まで交渉していた。

しかし、バルト王国の遊牧民はちょくちょく国境を越えて隣国の牧草地を勝手に使ったり、そのついでに実っている作物を勝手に収穫したりしている。

今まではこれを黙認していたのだが、ルーベンスが防衛魔法を掛けたら、その長年の習慣を阻害することになり、部族民に突き上げを喰らうのは必至だったのだ。

魔法陣であれば、水占い師が消すのを見たことがある。掛け方も解き方も謎に包まれている他国の防衛魔法よりも、使い勝手が良いように思えた。

そこまで考えて、ザナーンは壁に突き当たった。

「水占い師の手で国境に魔法陣を掛けてもらうのは妙案ですが、実現は難しいのではないでしょうか？」

ザナーンは自分の母親ぐらい優れた水占い師なら、新しい魔法陣を掛けるのに挑戦したかもしれないが、今カルバラの魔法陣を維持しているラザルには、現状維持が精一杯ではないかと思っていた。

「あのう、実は前からアイーシャの師匠に魔法陣を習いたいと思っていたのです。シラス王国の魔法とは違うやり方ですが、共通している部分もありますし、三人で考えれば……痛い！」

ルーベンスにツマミの木の実を顔にピシッと投げられて、フィンは口を閉じる。

カルバラで水占い師の修業をしたらどうかというザナーンの申し出を断ったばかりなのに忘れたのか、とルーベンスは腹を立てた。

（師匠も魔法陣を研究したいと言っていたくせに……）

フィンは、自分だけカルバラに残って魔法陣を習う気はなかった。倒れた師匠を一人でカザフ王国に行かせるのは絶対に駄目だと思っている。

それでも、この好機を逃したくない。

水の上に魔法陣を掛ける方法が見つかれば、シラス王国の海岸線を海賊から護ることもできるからだ。

ザナーンは、フィンだけをカルバラに残してルーベンスが立ち去ることはないと、先ほどの感触で理解していた。だからそれは諦めて、次善の策に移行する。

「フィン殿だけでなく、ルーベンス様のご協力があれば、我が国の水占い師も新たな魔法陣の活用法を見つけることができるかもしれません」

ルーベンスは腕を組んで「ううむ」と唸る。早くカザフ王国へ行きたいのは山々だが、シラス王国の海賊被害が顕著なのも確かだ。

近頃は、海賊の後ろにカザフ王国の軍艦がちらついている。おかげで、海を護るサザンイーストン騎士団は海賊船だけでなく、カザフ王国の軍艦も警戒しなくてはいけない。海に魔法陣を掛けて、船の航行そのものを妨げることができれば、騎士団の消耗を抑えられ、シラス王国にも有益だ。

ルーベンスが考え込んでいるのを見て、あと一押しだとザナーンは畳み掛ける。

「それに、カザフ王国へ行くなら我が国からの方が警戒されないでしょう」

敵国であるシラス王国からより、まだ見せかけは友好関係を保っているバルト王国からの方が潜入しやすいのは確かだが、何故ザナーンが自分達の予定を知っているのか？

ルーベンスは、青い目でギロリと睨む。

「ルーベンス様が我が国に潜入調査をされたように、カザフ王国にも調査に行かれるのではと、この老人なりに推察したまでですよ。カザフ王国には羊や山羊だけでなく、良い馬なども売りつけています。我が国の馬はカザフ王国でも評判が高く、首都のロイマールでも高値で売れるのですよ。その部隊に紛れればよろしいかと……」

魔法使いとしては一流で、外交官としても経験を積んでいるルーベンスだが、今回はザナーンの方が一枚上手だった。

諦めてザナーンの提案を呑む。

「では、私も水占い師に魔法陣を習うことにしよう」

渋い顔で杯を飲み干したルーベンスに、ザナーンは愛想良くヤグー酒を注ぐ。

フィンは、師匠がヤグー酒を飲み過ぎないか心配しながらも、なんだか変な気分になる。

（あれ？　水の魔法陣を習えるし、カザフ王国にもバルト王国経由で潜入できる。これって一挙両得なんじゃ？）

無言で「二度と喋るな」と圧力を掛けてくる師匠に睨まれて、フィンは口を閉ざしたまま、つくづく古狐同士の騙し合いみたいな宴会はこりごりだと、バター茶を一気飲みするのだった。

ザナーン宰相の屋敷を後にしたルーベンスとフィンは、何を話したのか興味津々のカンザス大使に出迎えられた。

「ルーベンス様、お疲れ様です。それで首尾は如何でしたか？」

ルーベンスはヤグー酒をついつい飲み過ぎていたし、長旅の疲れもあり、説明する気分ではなかった。

「詳細はフィンに聞いてくれ」

そう言い捨てて部屋に入ったルーベンスの気儘な態度にカンザス大使は唖然とするが、フィンもこっそり部屋に行こうとしているのに気づいて、素早く捕まえる。

サリヴァンに蔓延る貴族とは違うと大使を評価していたフィンだが、きびきびとした態度で書斎に連れて行かれたのには閉口した。その上、あれやこれやと質問攻めに遭い、ヤグー酒で酔っ払って寝ている師匠を内心で罵る。

「ううむ、ザナーン宰相はフレデリック王が病に倒れたのを知っていたのですね。それは、本当にルーベンス様が来られたことから推察しただけなのでしょうか？」

カンザス大使は、後継者争いを優位に進めようと画策しているカザフ王国の王子がバルト王国に接触し、情報を与えたのではないかと疑う。

「さぁ、少なくともザナーン宰相の言葉に嘘は感じませんでした。血の気の多い軍部を抑えるために、サリン王国との国境に防衛魔法を掛けて欲しいと要求していたぐらいだし……カンザス大使、放してください。師匠は断りましたから！」

「防衛魔法を！」と興奮して椅子から立ち上がり、フィンの両肩を揺さぶっていたカンザス大使は、断ったと聞いて手を放す。

「フィン殿、申し訳ありません。あまりに図々しい要求に、驚いて興奮してしまいました」

　カンザス大使が椅子に座り直すのを待って、フィンは明日帰国する予定が変わった件を話す。

「防衛魔法を掛けることは断ったのですが、師匠と私は水占い師に魔法陣を習うことになりました。なので、当分はカルバラに留まります」

　カンザス大使は魔法陣については専門外なので、ルーベンスとフィンの好きなようにしてもらうしかないと認めた。

「ルーベンス様とフィン殿が当分留まるのはいいとして、アンドリュー殿下はどうしたら良いのでしょう？　夕方に帰国の挨拶をしたばかりですし……」

「アンドリュー殿下は、予定通り、明日ファビアンと帰国させた方が良いと思います。今はまだカザフ王国の王子から接触されていないようですが、いつバルト王国に手が伸びて来るかわかりません。軍部の一部がシラス王国より、カザフ王国と軍事同盟を結ぶ方が良いと判断した時に、アンドリュー殿下を人質にされては困りますから」

　カンザス大使は、まだ幼さの残るフィンだが、ルーベンスに鍛えられているのだと感心した。

「そうですね。別れの挨拶をした後に、ぐずぐずしているのも格好がつきませんし、アンドリュー殿下には明日帰国して頂きましょう」

　これでカンザス大使から解放される、とフィンはホッとして、椅子から立ち上がろうとした。

「あっ、フィン殿、どの王子がバルト王国に接触してくるとお考えですかな？　私はこれからもカルバラに滞在するので、できるだけ情報を集めておきたいのです」

アンドリューを帰国させるのは、カザフ王国の手が伸びてきた時に危険だからだ。

その危険を承知でカルバラに留まるカンザス大使に頼まれると、フィンに断ることはできなかった。

「私はカザフ王国の王子についてあまり知りません。でも、北のモンデス王国に派遣されているルード王子は要注意です。サリン王国のチャールズ王子を幽閉させ、貴族達と手を組んでサリン王国を侵略しようと画策していました」

サリン王国のクーデターについて詳しく知らなかったカンザス大使は、フィンが自分よりもずっと詳しいのに驚いた。

守護魔法使いのルーベンスが外国で潜入調査をしているのは知っていたが、ここまでだとは思っておらず、つい訝る。

（ルーベンス様とフィンは、サリン王国のクーデターに何か関わっていたのか？）

外交官として、クーデターの内情などには凄く興味を引かれたが、今はバルト王国の駐在大使としての任がある。カンザス大使は、バルト王国に話を戻した。

「モンデス王国との間にはテムジン山脈がありますから、そちらは考えていませんでした。

しかし、モンデス王国がカザフ王国と手を組めば、バルト王国へ攻め入ることは容易になります。ルード王子は第一王子ではありますが、確か王妃が産んだのは第四王子のオットー王子ですよね。ううむ……なかなか面白くなりましたなぁ」

他国の後継者争いを面白いと笑うカンザス大使に、フィンは同意しかねる。カザフ王国が内乱状態になり、シラス王国へ戦争を仕掛けるどころでなくなるのはありがたいが、師匠の言う「嫌な予感」が気になっていた。

「あのう、面白がっている場合じゃないような気がします。フレデリック王は誇大妄想的な目標を掲げる危険人物でしたが、カザフ王国をガッチリと統制する力も持っていました。その絶対君主が揺らいだら、反動が起きると思うのです」

年下のフィンに指摘されて、カンザス大使も真剣な顔になる。

「その通りですな。後継者争いを優位に進めようとする王子はルードだけではないでしょう。旧敵である我が国に攻撃し、王冠を手に入れようと考える王子も出てきかねません。フレデリック王は、サリン王国と同盟を結んで、バルト王国を挟み打ちにし、ミランダ姫の産んだ王子を立てて……その後に、シラス王国へ戦争を仕掛ける考えでしたが、順序を飛び越えようとする者も出てくるに違いありません」

カンザス大使の言葉を聞いているうちに、フィンの頭の中にある幻が鮮明に浮かんだ。

カザフ王国の混乱が大波を起こし、大陸全体を呑み込んでいく。そして、その波の中心には病に倒れたフレデリック王と宿敵のゲーリックがいた。

（ゲーリック！　もしかして、この嫌な気配にはゲーリックが絡んでいるのか？　でも、ゲーリックの魔法の波動は知っているけど、こんな感じではなかった）

　自分が父親の仇であるゲーリックを恨んでいるから、こんな幻を見たのだろうか？　それとも、本当にカザフ王国から感じる嫌な気配にゲーリックが関係しているのか？　師匠に相談したいと思った。

「明日から魔法陣を習われるなら、今夜はゆっくりとお休みください」

　考え込んでいるフィンの肩を軽く叩いて、カンザス大使は寝室に引き揚げた。

「体調の良くない師匠に、こんな縁起の悪い幻の話なんかできないか……」

　カンザス大使の言う通り、明日からは水占い師に魔法陣を習い、どうにか水の上に防衛壁を作る方法を考え出さなくてはいけないのだ。

　フィンは、ザナーン宰相の屋敷での肩の凝る宴会と、カンザス大使への報告、そして縁起の悪い幻視で疲れたので、大きく伸びをして寝室に向かった。

　翌朝、ルーベンスはいつもの如く寝坊していたので、フィンはカンザス大使と二人で、アンドリューとファビアンの帰国を見送ることになった。

　フィンは魔法陣を習うことになったと、ウィニーに伝える。

『フィンは一緒に帰らないの？』

鞍を付けながら、フィンはウィニーにお願いをする。

『アンドリューを乗せてサリヴァンまで行って欲しい。俺は師匠とカルバラに残るんだ』

その後、カザフ王国に潜入するのだが、それはウィニーが心配しそうなので黙っておく。

『フィン、アンドリューをサリヴァンまで連れて行った後で、カルバラに迎えに来なくても良いの？　もしかして、またどこかの国へ行くつもりなの？』

だが、簡単にウィニーにバレた。フィンは頷いた後、竜を連れて行けないので留守番していてと言い聞かせる。

『師匠と魔法陣を習ったら、バルト王国の馬喰達とカザフ王国に行くつもりなんだ。大丈夫、危険な真似はしない。馬を売りに行く部隊に混じって行くから、シラス王国の魔法使いだとは誰も思わないよ。だから、ウィニーはファビアンやアンドリューとサリヴァンへ戻って』

昔は国境や戦争の意味がわからなかったウィニーも、今ではフィンが外国へ行くのはシラス王国を護るためだと理解している。

だからフィンを困らせたくはないが、かといって何もせず待っていたくはない。

『この前のサリン王国みたいに山に隠れているよ』

フィンはカザフ王国の王都付近に山なんかあったかなぁと、授業で習った地図を思い浮かべる。サリヴァンと違い内陸に位置しているが、ロイマールの周りは平野しかなかった。

『ロイマールの近くには山はないよ。だから、サリヴァンで待っていて欲しいんだ』

アンドリューは、フィンがルーベンスと外国に潜入調査するのだと察して、ウィニーの世話をしようと申し出る。

『ねぇ、私と飛行訓練しながらフィンが帰って来るのを待とうよ』

ウィニーは雛竜の頃から遊んでくれたアンドリューのことは好きだが、前のサリン王国からの緊急脱出が忘れられない。できるだけフィンの近くにいたいと思う。

『そのロイマールはどこにあるの？』

なかなか納得してくれないウィニーをどう説得しようかフィンが言い淀(よど)んでいる隙に、アンドリューが答える。

『ロイマールはカザフ王国の首都だよ。だったら、一番近い西のウェストン騎士団で待ってみようか。私もウィニーと一緒に行って、毎日飛行訓練をしよう。あっ、パックが近くに住んでいるからゼファーを呼んでも良いよな』

ウィニーはフィンが心配だが、外国に竜がいないのも明らかなので、身を隠す場所がないなら仕方ないと諦める。それに、チビ竜と遊ぶのも大好きだ。

『うん、そうしようかな……』

確かにパックの家は西の国境近くだし、卒業したらウェストン騎士団に入団する予定だ。

きっと来てくれるだろう。

アンドリューのおかげでウィニーが帰国する気になったのは助かるが、ファビアンは嫌な予感がしてフィンに尋ねる。

「もしかして、私もウェストン騎士団に行くことになるのかな？」

「さぁ、それはキャリガン王太子の判断に任せるよ」

そう言って、フィンはキャリガン王太子に責任を押し付けた。

魔法学校卒業後は、ノースフォーク騎士団に入団するつもりのファビアンは、よその騎士団にアンドリュー殿下のお守りでお邪魔するのは遠慮したい。しかし、武人として王太子の命令には逆らえないのも事実だ。

アンドリューは警護の武人と二人でウィニーに乗る。まだ長距離飛行に慣れていないグラウニーにはファビアン一人乗りだ。

『サリヴァンまでは長旅だから、グラウニーに無理させないように気をつけて行ってね』

『フィン、危険な時は呼んでよ！』

去り際に強く念を押して、ウィニーは羽ばたく。

ウィニーがウェストン騎士団で待つのか、サリヴァンで留守番をするのかはわからないが、飛び立ってくれたので、フィンはホッとして見送った。

グラウニーとウィニーが小さくなるまで見ていたフィンに、カンザス大使が声を掛ける。

「どうにかアンドリュー殿下を帰国させられましたな。それで、魔法陣を習うと言われていましたが、ルーベンス様は如何なさっているのでしょう？」

「師匠はいつも昼まで寝ています。水占い師の家には午後から行く予定です」

とはいえ、そろそろ師匠を起こして、何か食べさせておこうと、フィンは寝室に入る。

「師匠、起きてください」

布団を頭から被ったまま起きようとしない師匠に、フィンはいつものように二日酔いの治療の技を掛ける。

「水占い師のラザル師の屋敷に昼から訪問する予定なのですから、何か食べてくださいよ」

昨夜飲み過ぎたルーベンスは、二日酔いの治療をしてもらっても、まだ食べる気分にはなれない。

「アンドリューは帰国したのか？」

「はい、どうにかウィニーも帰ってくれました。でも、もしかしたらウェストン騎士団で待つと言い出すかもしれません。カザフ王国が何となくきな臭いし……ウェストン騎士団はそれどころじゃないんじゃ」

フィンは、ウィニーに加えてアンドリューも付いて行ったら、カザフ王国との国境を護るレスター団長には迷惑じゃないのかと心配したが、ルーベンスは気にしない。昔は王族も戦争で国土を護るために戦ったのだと、正当化する。

「気儘なアンドリューには良い経験になるだろう。それにウィニーがいれば、いざという時はサリヴァンへ避難できるしな」

外国に滞在するのは危険だからと帰国させたが、騎士団で修業させるぐらいは大丈夫だとルーベンスは言い切る。しかし、安全とは言わない師匠に、フィンは焦った。

「そんなぁ、西の国境近くにはパックもいるのに……。早く水占い師に魔法陣を習って、どうにかして水の上にも防衛魔法を掛ける方法を見つけましょう！」

パックの一族は西の国境近くの海岸線に領地を持っている。火の魔法体系の魔法使いが多いため、そう易々と海賊船を領地に寄せ付けたりはしないだろうが、カザフ王国が宣戦布告してきたら、一番危険な地域なのだ。

フィンが急かすので、ルーベンスは渋々ベッドから出た。海の防衛をどうにかしたいという思いは弟子と同じなのだ。

## 二十二　水占い師ラザルとフィン

少食の師匠にどうにか昼食をとらせて、フィン達は馬に乗り、アイーシャの師匠である水占い師ラザルの屋敷へ向かう。

「アイーシャから魔法陣は習ったけど、岩や石に水を通すやり方とか、排水の魔法陣とか小さいものだけなんだ。基本的にバルト王国では、魔法陣は水を活用するために使っているみたい。師匠、防衛魔法は土の魔法体系だけど、水の魔法陣と上手く組み合わせられるのかな？」

ルーベンスは大使館で借りた馬の上で、フィンの言葉を聞いていたが、何かが引っかかった。

「うむ……水の魔法陣以外は習えないのかのう？」

「アイーシャは水の魔法陣の初級しか習っていませんでしたよ。でも、魔力は強いから、水を呼び寄せたりもできるみたいだけどね。海岸線に防衛魔法を掛けるなら、水の魔法陣で良いんじゃないの？」

「ううむ、それはそうなんじゃが……他にもっと適した魔法陣があるならそっちの方が良いだろう」

海との相性が良さそうだと思って水の魔法陣を習おうと話し合ってきたが、所詮は素人考えだ。ルーベンスは決めつけるのはまだ早いと唸る。

「えっ、もしかして魔法陣は水だけじゃないってこと？　もしそうなら、アシュレイの防衛魔法も魔法陣で掛け換えられるのかな？」

ルーベンスは雷に打たれたような気分でフィンの顔をマジマジと見つめる。この数百年、誰も思いつかなかった発想だ。

肝心（かんじん）のフィンは自分がどれほどとんでもないことを言ったのかわかっておらず、平然としている。

ルーベンスは、相変わらず魔法への学びが浅い弟子にガックリしつつ、会話を続ける。

「それが可能かどうかも含めて、魔法陣をしっかりと習って考えなければならないな」

話し合いながらのゆっくりとした行程だったが、ラザルの屋敷まではすぐに着いた。フィンは、迎え出てきた召使いに自分と師匠の馬の手綱（たづな）を渡して、屋敷の中に入る。

「そちらがルーベンス様とフィン君ですね。ザナーン宰相から話は伺っていますが、魔法陣を習いたいとか……」

バルト王国には珍しいぽっちゃりした体形のラザルに出迎えられて、ルーベンスとフィンは居間に案内される。

召使いにお茶を運ばせたりして、接待に努（つと）めてくれるのはありがたいが、一刻も早く魔法陣を習い、国境の川の上に防衛魔法を掛ける方法を考えなくてはいけないのだ。短気なルーベンスは呑気なラザルに苛つく。

「早速ですが、魔法陣を基礎（きそ）から教えてもらいたいのです」

ルーベンスは、ヤグー酒ならいざ知らずバター茶など飲む気はない。

「魔法陣の基礎ですか？　確か、アイーシャ姫から習われたと聞きましたが？」

アイーシャから魔法陣を習ったフィンが、師匠の代わりに答える。

「アイーシャ様から魔法陣を習いはしましたが、理論などは全く教えてもらっていないのです。水を引き寄せる魔法陣、排出させる魔法陣、といった具合に単体で習っただけで」

それもそのはず、実はラザルはアイーシャに理論までは教えていなかったのだ。

王命に従って水占い師の修業をつけていたが、本当に水占い師になるとは考えていなかったので、実用的な魔法陣のみを教えた。

そして、今回のザナーン宰相からの依頼も、外国の魔法使いに魔法陣を何個か教えれば良いだけだと簡単に考えていた。

「しかし、理論や基礎から教えるとなると何年もかかりますよ。私は良いですが、そちらはどうされますか？」

どうも話が噛み合わないラザルに、ルーベンスは苛立ちを隠せない。

「何年もカルバラに留まる気はない。ザナーン宰相から聞いていないのですか？　サリン王国との国境に魔法陣を掛けて、向こうからの侵入を防ぐようにしないといけないのですぞ」

威圧的なルーベンスに睨まれて、ラザルは汗を拭う。

「そういえば、そのようなことを言われていたような……。でも、とてもではありませんが実現できないでしょう。そうですよねぇ？　えっ、まさか本当に？　そんなの無理ですよ！」

真っ赤になって狼狽えているラザルに、ルーベンスは溜め息しか出ない。

フィンはこれでは魔法陣を習うことすらままならないと、助け舟を出す。

「ラザル師、何か魔法陣の理論を記した書物とかはないのですか？」

予想外の事態に慌てていたラザルは、フィンの言葉で落ち着きを取り戻した。

「水占い師の技は口伝なのです。なので書物などはありません。基礎から習いたいのなら、これで魔法陣を描く練習からいたしましょう」

そう言ってラザルは、フィンに一本の棒を差し出した。態度の悪いルーベンスには、始めから棒を渡そうともしない。

フンと鼻を鳴らしたルーベンスは、ソファーに座ったまま見学する。

フィンは手に持った棒を、じっと見つめた。

（初等科でちょこっと習ったんだけど……バルト王国の水占い師って、木の棒を倒したり、水晶を糸で吊るしたりして水場の位置を探すんだっけ？　まさか、この棒を倒すところから習うのかな？）

基礎から教えて欲しいと言ったのはこちらだけど、これでは本当に何年もかかってしまうと心配になる。

「さぁ、棒で描くことが魔法陣の基礎です。それができたら指で空中に描き、最終的には頭で念ずるだけで魔法陣が掛けられるようになります。頑張りましょう！」

フィンはすでに頭に思い浮かべるだけで魔法陣を掛けられるようになっていたのだが、基礎から習うことがヒントになるかもしれないと考えて、ラザルの指示に素直に従う。

「私の描く通りにしてみなさい」

三人は中庭に出て、ラザルが地面に描く魔法陣の横に、フィンも同じように描く。

「これが水の呼び寄せの魔法陣です」

庭に急ごしらえの噴水が二つ出現した。ラザルはフィンの魔法陣から噴き出す水の量の多さに驚き、魔力を読み間違えていたのだと反省する。

「フィン君は、アイーシャ姫から魔法陣を習ったと聞きましたが、もしかして頭で念じるだけで魔法陣を掛けられるのですか？」

「まぁ……でも、それは岩や石から水を呼び寄せたり、排水する魔法陣だけです。今、私達が必要としているのは、水の上に防衛魔法を掛ける魔法陣なのです」

「まさか本気で、サリン王国との国境を魔法陣で防衛しようとザナーン宰相は考えておいでなのでしょうか？」

「そう仰っていましたね。何か良い魔法陣はありませんか？」

ザナーン宰相の話を本気だと思っていなかったラザルは、真っ青(まさお)になってヨタヨタと居間に戻り、ソファーに崩れ落ちる。

「私の首は城門に晒されます。ああ、きっとどこかの野心的な水占い師が私の地位を狙って、こんな無茶な命令をしてもらうように手を回したのでしょう。どうしよう」

ルーベンスは、カルバラの生活を支えている水占い師の首を斬ったりなどしないだろうとは思ったが、いい気味なので嘆くままにしておく。

「まさか、そんなことにはならないでしょう。それより、水の上に水を呼び寄せたら、水の壁ができるんじゃないかなぁと思うのですが、それって可能ですか？」

フィンの慰めと質問で、ラザルは少し落ち着きを取り戻す。

「このカルバラの魔法陣は、何個も重（かさ）なって掛けられています。なので、フィン君の提案は可能です。複雑になるので、注意深くやらなくてはいけませんが……。でも、国境線の全てに掛けるのは私一人では無理です」

ラザルがやっと前向きに考え出したので、ルーベンスは自分の思いつきを伝える。

「サリン王国との国境線の全てに掛ける必要はないのではないか？　地図で確認しなくてはいけないが、ハーミット川の中の渡り易い場所だけに掛ければ良いと思うぞ」

「なるほど。それくらいなら、私と弟子達でどうにかなるかもしれません」

ラザルは手を叩いて、召使いに地図を持って来させる。

ルーベンスは、その地図を見てあれこれラザルに尋ねる。

「この川の水深はどの位なのだ？」

「さぁ、水占い師は川の近くには呼ばれませんので……。そうだ、騎馬隊なら演習を兼(か)ねて国境線の警備をしていますので、よく知っているでしょう」

水がない場所に水を呼び寄せるのが水占い師の仕事だ。国境の川に呼ばれることは少ないのだろうと予想はしていた。とはいえ、ラザルは呑気過ぎるとルーベンスは呆れる。

「バルト王国の遊牧民は、ちょくちょく国境を越えてサリン王国に侵入しているみたいだから、さほど深くはないのかもしれぬな。……ああ、ここまで行くと山の近くになるから越境(えっきょう)はしにくいだろう。ということは、この辺りをどうにかすれば良いのではないか？」

ルーベンスが地図の上を指でなぞると、ラザルは大きな溜め息をついた。

「地図上では指一本分ですが、かなりの距離になります。こんなの私には無理ですよ」

ルーベンスもラザルの能力では、このカルバラの魔法陣を維持するだけで精一杯かもしれない、と腕を組んで考える。

「私は詳しくないのだが、このカルバラの魔法陣はずっと前から掛けてあるのだな？　それをラザル殿が維持なさっているということで、間違いはないだろうか？」

ラザルは異国の魔法使いに「その通りです」と頷く。

「この魔法陣はずっと同じものが使われているのか？　新たな水の通り道を作る時はどうしているのだ？」

「新たな水の通り道は、新しい魔法陣を今あるものの上に注意深く掛けて作るのです。それがどうかしましたか？」

「それなら、国境線の魔法陣も同じやり方で延長していけば良いのではないか？　まずはラザル殿が国境線の川に防衛壁の魔法陣を掛け、弟子達に延長させるのが良いだろう」

ラザルは、そのくらいならやれるかもしれないと顔を輝かせる。

「そうですなぁ！　弟子達にも良い訓練になるでしょう」

実際に国境に魔法陣を掛けるのはラザルと弟子達に任せるとして、その前に三人はカルバラの側を流れる川で実験をしてみることにする。

フィンは小太りなラザルが馬に乗れるのだろうかと失礼な疑問を持っていたが、流石に騎馬民族だけあって上手い。ラザルに誘導され、フィンとルーベンスも複雑なカルバラの裏道を通り、疎らに家が建つ地帯を抜ける。

「あまりカルバラの近くでは実験したくありません。複雑な魔法陣に影響を与えるかもしれませんのでね」

フィン達も実験を皆に知らせたい訳ではないので、ラザルが充分だと判断する地点まで、馬を走らせた。

「この辺なら良いでしょう。人影も見えませんし」

ラザルは意外なほど身軽に馬から降り、フィン達もそれに続く。

「国境線の川もこのぐらい浅いのでしょうか？」

フィンは幅は広いが、さほど深くなさそうな川を見て、海とは全く違うと首を捻る。

「テムジン山脈の雪解けの水が一番少なくなる時期ですからね。国境付近の川も同じでしょう。春には洪水が起きたりもします」

ルーベンスは、魔法陣の上に魔法陣を重ね掛けする方法が知りたくてウズウズしていたので、ラザルとフィンの呑気な会話を遮る。

「それより、川の上に魔法陣を掛けられるのか、そして、その上に魔法陣を重ねられるのか、早く確かめてみてくださらぬか」

ラザルは深呼吸で精神を統一し、川の上に魔法陣を手で描いていく。

フィンとルーベンスは、その魔法陣の紋様が先ほど屋敷の庭で習ったのと同じだと気づき、顔を見合わせて頷いた。

「横に何個も魔法陣を連続して掛けているみたいですね」

フィンの言う通り、複数の魔法陣が次々に描かれていく。

ラザルなら頭で念じるだけでも魔法陣を掛けられるだろうが、何個も掛ける時は手で描いた方が楽なのだろうと、ルーベンスは注意深く観察していた。

川の上に水が噴水のように噴き出し、ラザルが魔法陣を掛けるにつれて、その横にも水が噴き出していく。

「同じ魔法陣なら何かやり方がありそうなものだが……」

カルバラに魔法陣を掛けた最初の水占い師が、こうも短い間隔で魔法陣をいちいち掛けたとは思えない。

この魔法陣の掛け方では気が遠くなりそうだと、ルーベンスは首を横に振る。

フィンもこれでは国境線に魔法陣を掛けるのは大変だと思い、何か良いやり方はないのかとラザルの手の動きを注視しながら考える。

「同じ魔法陣を何個も並べるんだよなぁ」

ラザルの手が同じ動きを何度も繰り返しているのに気づき、何かが引っかかる。

どこかで同じ動きを繰り返す何かを見た気がするのに、思い出せなくてもどかしい。フィンはせっかく整えた髪の毛を、無意識に手でぐしゃぐしゃにする。

「何だろう？　こんなのをどこかで見たような……あっ、絵本の印刷だ！　同じ魔法陣なら版を転写するみたいに複製できるんじゃないですか？」

以前『可愛いウィニー』の絵本が重版した時、フィンはヤン教授に印刷所に連れていってもらった。そこで見学した輪転機を思い出したのだ。

「クルクルと回る輪転機みたいに、魔法陣を川の上に掛けていけないかな？　師匠、無理ですか？」

フィンの思いがけない言葉で、ルーベンスも考える。

「転写か！　なるほどなぁ。それなら上手くいくかもしれんな」

魔法陣は素人のルーベンスだが、シラス王国の上級魔法使いなのだ。

空気中に、フィンが屋敷で教わっていた魔法陣の版を作り上げ、それを川の上にコロコロと転がしていく。

「わぁ！　なんてことをなさるのですか！」

集中して何個もの魔法陣を川の上に掛けていたラザルだが、異常な魔力の発動に驚いた。

フィンには川の上を転がる魔法陣の版が見えて「流石師匠だ！」と笑う。

ルーベンスは充分な幅の魔法陣を掛けたので、版を転がすのを止める。

それから川の上に数十ヶ所から水が噴き出しているのを見て、満足そうに頷いた。

これで手間はかなり省けたが、まだ高さが足りない。ラザルに次の実験を催促(さいそく)する。

「さて、この上に魔法陣を上掛けすれば良いのだろうが、ラザル殿、見本を見せてくださらぬか」

ラザルは、ルーベンスが自分とは桁違いの魔力を持っているのに改めて気づかされ、手本を示すどころの気分ではない。

「そんなことより、どうやってこの魔法陣を掛けたのですか？　川の上に何かを転がしていたような……」

フィンはラザルが意外にも魔力が強いのに驚いた。そして、そういえばアイーシャも防衛魔法を見ることができたのだと思い出す。

「ラザル師は魔法の動きが目で見えるのですね」

「まぁ、それができないと、念じるだけで魔法陣を掛けられませんからね」

ルーベンスは改めてラザルの魔力を測るが、何度確かめても中級魔法使い程度しかない。

しかし、中級魔法使いでも稀に防衛魔法を感じたり、ぼんやり見えたりする者がいる。

「水占い師は魔法陣を棒で描く訓練から始まり、次にそれを宙に描いて掛け、最終的には念じるだけで掛けられるようになるのだな。その訓練のおかげで、魔力を視覚化できる者が多いのかもしれない。先ほどラザル殿は、魔法陣を版にして転写させていたのを見られたのでしょう。同じ魔法陣を何個も手で掛けるのは時間の無駄だから、国境線に掛ける時はそうなさったら良いのではないかな」

ラザルは、自分の魔力ではあんな真似はできないと肩を竦める。

国境線の魔法陣は弟子達に時間と魔力を使って地道に掛けさせようとひとまず結論づけ、実験を次の段階に進める。

「この魔法陣の上に、魔法陣を上掛けすれば良いのですね」

カルバラが王都になった昔から、テムジン山脈から水を引く魔法陣は掛けられていた。

その魔法陣を損なわないように、王宮や水飲場に新たに水を導いたり、排出する道を作ったりするのもラザルの仕事だ。

自分が掛けた魔法陣の上に同じ魔法陣を上掛けしていくラザルを、ルーベンスとフィンは真剣に見ていた。

腰の高さほどの噴水の上に、同じぐらいの水が噴き出して、頭を超えるほどの水の壁が川から立ち上がる。

「師匠、あの版を魔法陣の上に転がしてみて良いですか？」

ルーベンスは「やってみろ！」とフィンに任せる。フィンは、ラザルに習った魔法陣を三個ほど描いた版を念じて作り上げ、ルーベンスが掛けた魔法陣の上に転がす。

「あっ、ちょっとずれた！　まぁ、でも大丈夫そうですね」

ルーベンスが掛けた魔法陣の間隔と、フィンの版の間隔が違うので、キチンと掛けられていない場所が出てしまう。なので水の壁の高さは揃わず、不格好だ。

「欲張って三個も版にするからだ。じゃが、その方が早いな。その版で一からやってみなさい」

フィンは川の上に版を転がして魔法陣を掛け、その上に同じように版を転がしていく。今度は大人の背丈の二倍ほどの水の壁が川から立ち上がった。

「やったぁ！　これなら、かなり早く魔法陣を掛けられますね。後は、この水の壁を越えられないか実験をしなきゃ」

フィンが魔法陣を掛けるのを唖然と見ていたラザルも、実験に集中しなくてはいけない

と気持ちを切り換える。

「人は通り抜けられるでしょうか？　馬で勢い良く飛び込めば突破できるのでは？」

「そうじゃのう。試してみなければなぁ」

「ですね！」

こんな時は若いフィンの出番だ。上着を脱いで川にじゃぶじゃぶと入っていく。

川の中から水の壁を見上げると、川岸から見ていた時よりずっと高く感じる。

「結構、威圧感があるなぁ」

「えいやっ！」と勢いをつけて、フィンは水の壁に突っ込んだ。

「無茶をするなよ」

ルーベンスが心配して声を掛けた時には、フィンは水の壁に弾き飛ばされていた。咄嗟に風を送って、フィンが川の表面に打ち付けられるのを防ぐ。

「これは人でも馬でも通れそうにありませんね」

ラザルはこれで王都の水占い師をクビになることはないだろうと、後の苦労は弟子に任せる気満々で笑った。

ずぶ濡れになったフィンが川から上がりながら、思いついたように声を上げる。

「あっ、特定の人だけ通せたりできたらもっと便利なんですけどね」

ラザルはやっと面倒な問題が片付きそうなのにと、質問してきたフィンにうんざりする。

「その時は、こうして人が通れる分の魔法陣を消せば良いのです。そして、また掛け直すのですよ」

ラザルは水の壁を出したり消したりしてみせた。

フィンが同じように手を横に振って魔法陣を消すと、水の壁はバシャンと川の流れに落ちて消えた。

「でも、そうなると誰かがずっと国境付近で待機しておかないといけませんね」

「まぁ、そうなりますな」

ラザルはこの見張り番は弟子への罰にぴったりだとほくそ笑む。

実験を終えてカルバラへ戻る途中、フィンは海岸線に水の壁を作ったら、貿易船などが困るだろうな、と考えていた。

（何かもっと良い方法を考えなきゃ！　でも、これでカザフ王国へ行ける！　あいつが——ゲーリックがいたら、絶対に捕まえてやる！）

## 二十三　馬喰（ばくろう）と吟遊詩人（ぎんゆうしじん）のどちらが良いか？

フィンとルーベンスは、水占い師のラザルと一緒に、川での実験結果をザナーン宰相に報告した。

「ほう、昨日の今日で、もう国境線へ魔法陣を掛ける方法が判明したのですか」

そんなに簡単なことだと思われたら大変だと、ラザルが口を挟む。

「ザナーン宰相、本当に国境線に魔法陣を掛けるのですか？」

「当たり前です。そうでなければ、こんなことを貴方に申しつけたりしませんよ」

宰相の意思が本物だと実感したラザルは、慌てて実際に掛けるのは大変な作業になるのだと注意する。

「魔法陣で水の壁を作る方法はわかりましたが、それを実行するには弟子達を総動員しなくてはいけません。今は皆出払っていますから、冬になって放牧が落ち着いてからでないとできませんよ」

バルト王国は遊牧民が多いが、冬は部族ごとに一定の場所に集まって過ごすのだ。そこは水場の近くに決まっているので、水占い師もお役御免になり、カルバラに帰って来る。

「そうですなぁ、では冬になり次第」

「しかし、冬は寒いですし……弟子達もやっと家族と暮らせるのに……」

ラザルはごちゃごちゃと文句をつけたが、ザナーン宰相はにこやかに厳命する。

「寒ければヤグー酒の差し入れをしますよ。それと、暖かいテントも設置しますから大丈夫です。春までにお願いしますね」

ルーベンスとフィンは、ラザルと弟子が寒い中で苦労するだろうと心中で哀れんだが、自分達とは無関係な話なので口を閉ざしていた。

「ところで、私達はカザフ王国に向かいたいのだが……」

ぐずぐずとごねるラザルにいつまでも付き合っていられるほど、ルーベンスの気は長くない。さっさと次の目的地に進みたい、とザナーンに約束の履行を促す。

「そうでしたなぁ。馬喰の部隊は既にカルバラを出発していますが、途中の部族からも馬を買い上げながらカザフ王国を目指していますから、すぐに追いつけるでしょう。ここに、馬喰のガルンへの手紙があります。あっ、あとその服装では変ですよ」

ザナーンがパンパンと手を叩くと、バルト王国の遊牧民がよく着ている服装一式を召使いが運んで来る。

「この緑の縞模様は私の部族のものです。ガルンも私の部族ですから、目立たないでしょう」

ルーベンスは、先発している馬喰達に追いつかないといけないのかとうんざりするが、文句を言っても仕方ない。

「では、これで」と大使館に戻り、着慣れないバルト王国の服に着替える。

ルーベンスは金髪ならバルト人に見えなかっただろうが白髪になっていたし、茶色い髪のバルト人も多いのでフィンも別に変には見えない。

「青や緑の目をしたバルト人は少ないから、なるべくターバンを巻いて隠しておいた方が良いだろう」

ルーベンスは緑の縞のターバンを頭に被ると、顔を半分隠す。

「ターバンを巻いても、目は見えていますよ」

フィンは上手くターバンが巻けず、何となく鬱陶しく感じるので、意味がないと文句を言う。

「他のバルト人がターバンを巻いているのに、お前だけが巻いてなかったら目立つだろう。ほら、荷物を纏めなさい」

マーベリック城で用意した外交官用の服はここに置いていくが、楽器やヤグー酒の入った皮袋、着替えなどは馬に乗せる。

「楽器はいらないんじゃ？」

「カザフ王国まで何日もかかるんだぞ。夜には演奏ぐらいして、馬喰達の気を晴らしてやらなきゃいけないだろう」

どこまでも吟遊詩人の修業が続くのか、とフィンは溜め息を押し殺した。

「さぁ、グスグスしている暇はない。馬喰達に追いつくぞ」

なるべく早く馬喰達と合流したいとルーベンスは馬を走らせる。

出発して一日目、フィンは、砂埃を防ぐためにターバンが必要なのだと納得した。以前バルト王国に来た時は、ゆっくりした行程だったので、ここまで砂埃を浴びるのは初めてだ。

夕闇が迫る頃、ルーベンスとフィンは小さな遊牧民の部族を見つけた。バルト王国の夏は、昼は暑いが日が暮れると寒くなる。フィンは師匠の体調が心配になった。

「師匠、あの部族のテントに泊まらせてもらえないかな？」

「それはどうかのう？　外国人など怪しまれるだろう。じゃが、情報は得たいな」

まだ馬喰達に追いついていないが、どれほど先行しているのか聞きたいとルーベンスは考えた。

「俺が聞いて来ますよ。うっかりしてて馬喰に置いて行かれたとでも言ってみます」

フィンはルーベンスの体調も心配だったので、今夜中に追いつけないなら早目に休憩させたかった。

ルーベンスは、フィンが馬に乗ったまま部族のテントに近づいていくのを注意深く見つめていた。何か異変があれば、フィンを保護する心算だ。

「やぁ、馬をいっぱい連れた隊が通らなかったかい？」

見知らぬ少年に話しかけられて、男達は少し身構えたが、髭も生やしていない幼い顔立ちにつられ、警戒を解く。

「もしかして、昨日の昼に通った、馬を運んでいた部隊か？」

「そう！　俺と同じ緑の縞のターバンを巻いていたかい？　カルバラに置き去りにされちゃったんだよ。追いつけるかな？」

「緑のターバンってことは、ガルンの部隊だよな。うちの馬も数頭買っていったんだ。それにしても、お前は置き去りにされるような間抜けなのか？」

男達はフィンに怪訝な目を向けたので、慌てて「俺の爺さんがヤグー酒を飲み過ぎて具合が悪かったんだよ」と言い訳をする。

男達は、離れた場所にポツリと立っているルーベンスをチラリと見て、部族の若い者に年寄りの世話を押し付けたのだろうと勝手に納得した。

「昨日の昼かぁ。追いつけるかな？」

「馬を疲れさせたら売り物にならないだろう。きっとゆっくり進んでいるさ」

「そうか。ありがとう」

フィンは、話し終わると馬の首を回した。下手に降りたりしたら、再び乗る時に遊牧民でないとバレてしまう。バルト人のように素早くは飛び乗れないからだ。

ルーベンスは、フィンの報告を聞いて、夜の間も先へ進むことにする。

「師匠、無理しないでくださいよ」

日が落ちると、若いフィンでも寒く感じる。この前倒れたばかりのルーベンスには応えるのではないかと気が気でないが、本人はフィンの不安そうな緑の瞳が癇に障る。

「うるさい！　ヤグー酒を飲めば、寒さなんか感じない」

「師匠、飲み過ぎないでくださいね」

二人で言い争いながら馬をゆっくり歩かせていると、遥か彼方に小さな灯りが見えた。

「また遊牧民の部族かな？　これ以上馬を走らせるのは無理だから、あそこで休ませてもらいましょうよ」

「いや、あれは……追いついたようじゃぞ」

ルーベンスは慎重に探索の網を広げて、馬が百頭以上いるのを確認する。普通の遊牧民はそれほどの馬を所有していない。

「良かった！　合流したら、ゆっくり休憩できますね」

フィンは、進むのが遅い部隊なら師匠も体調を崩すことはないだろうし、カザフ王国に疑われることなく潜入できるとホッとした。

しかし、新たな問題が降って湧いた。

馬喰のガルンは、ザナーン宰相の手紙を受け取り、二人をカザフ王国まで連れて行くのを了承したが、フィンが馬に飛び乗れないことが我慢できず、しごき始めたのだ。

「そんなにもたもた乗馬する馬喰がいるか！　ヤザン、こいつにまともな乗馬を教えてやれ」

ガルンの息子のヤザンは、フィンと同じ年頃だ。まだ髭は生えそろっていないが、馬には歩けるようになる前から乗っている大ベテランだ。

「お前、鈍臭いなぁ。ほら、こうして飛び乗るのさ！　やってみなよ」

ルーベンスは、年寄りは鐙を使って乗っても変に思われないだろうと免除されたので、フィンが熱血指導されているのをよそに、のんびりとガルンとヤグー酒を飲み交わす。

フィンは、ヤザンに何度も指導されて、カザフ王国に着くまでに、どうにか馬に飛び乗れるようになったが、それまでに何度となく落馬してあちこちに青アザを作った。

「吟遊詩人と馬喰の修業、どちらが良いかな？」

上級魔法使いの弟子も楽じゃないと、フィンは大きな溜め息をついた。

## 二十四　カザフ王国に馬を売るぞ！

フィンは、ヤザンに馬へ飛び乗る方法だけでなく、世話の仕方も徹底的に指導された。

今は良い馬の見分け方を教わっている。

「こいつらは特に注意して世話しなきゃいけないんだ。首都のロイマールまで連れて行くからな。田舎より高価で売れるのさ」

ヤザンが選び出した数十頭の馬は、にわか馬喰のフィンが見ても優れていた。

「全部、オスなんだね？　もしかして、メスは売らないの？」

ヤザンは肩を竦めて「当たり前だ、メスがいなきゃ馬は増やせないからな」と笑う。

「本当はこんな良い馬を売りたくないのが部族の本音さ。でも、金も必要だから種馬以外の若馬を売るんだ」

そんな会話をしながら進んでいき、カザフ王国の国境近くの川の側でガルンは部隊を止めた。

「今日はここまでだ！」

フィンとルーベンスは、早くカザフ王国に潜入したくて気が焦っていたので、まだ日も高いのに足を止めたガルンに疑問を持った。

「おい、フィン！　馬を洗うのを手伝ってくれ！」

ヤザンに呼ばれて、すぐに疑問は解けた。馬喰達は少しでも馬を高く売るために、川で洗ってブラシを掛け、見栄え（みば）を良くし始めたのだ。

「こいつらはロイマールまで連れて行くんだろ？　なら今は洗わなくても良いんじゃないの？」

何十頭も洗ったりブラシを掛けたりしてクタクタになったフィンは、選抜（せんばつ）された馬達は後回しにしても良いんじゃないかと愚痴る。

「馬は常に大事に扱ってやるものだ！」

ガルンにガツンと拳骨を食らい、フィンは呑気にヤグー酒を飲みながら竪琴を爪弾いている師匠に「どうにかしてくれ！」と恨みがましい視線を送ったが、完全に無視された。

ガルンは馬達の体調などをチェックして回ると、全く手伝いもしなかったルーベンスの横に座り、ヤグー酒を飲み出す。

「お前さんの弟子は良い馬喰になるな。馬を扱うのが上手いし、ブラシも丁寧に掛ける。うちには可愛い娘もいるが、どうじゃ？」

ルーベンスは爪弾いていた竪琴を置いて、ヤグー酒を飲む。

「あいつを手放す気はない」

ガルンは、この年老いた吟遊詩人もどきが見かけ通りの老人でないのは、ザナーン宰相から手紙をもらったことで察していた。全く馬の世話もせず呑気そうにヤグー酒を飲んでいるのを黙認していたのも、ただならぬ気配を感じたからだ。

「お前さんが何の目的でロイマールへ行くのか、儂には知ったことじゃないが、フィンは大丈夫なのか？　弟子の安全を護るのも親方の仕事じゃぞ」

「わかっているさ」

青い目に宿る強い光を見て、これ以上の口出しは無用だと悟り、ガルンはヤグー酒を飲み干した。

短い間だがフィンと旅をして、危険な潜入調査などより、馬の世話などをして暮らす方が向いていると感じて余計な口を出してしまったのだ。

「ブラシ掛けが終わったら、甘くなっている蹄鉄の打ち直しだ。それが済んだら伸びた鼻毛を切るぞ」

フィンも見様見真似で馬の脚を両足で挟んで一頭ずつ蹄鉄をチェックし、土を掻き出す。馬の手入れは道中でもやっていたが、蹄に油を塗って磨いたり、余分な毛を切ったりするのは初めてだった。

「ほら、綺麗にしてやるぞ。高く売れたら、それだけ大事にされるからな」

ヤザンは、一頭ずつ仕上げをチェックして馬の首をパンと叩いていく。その様子はまるで花嫁を送り出す母親のようだ。

「本当に馬が好きなんだね」

「当たり前さ！　本当は他国に売りたくなんかないんだ。あいつらは馬を単なる家畜だと思ってやがるからな。でも、馬や家畜ぐらいしかバルト王国には売る物がないから仕方ないのさ」

フィンも家の馬を大事にしているつもりだったが、バルト王国の人達のように家族同然には扱っていなかったと反省する。

「そうだね、高い馬なら大事にされる可能性が高くなるよね。あっ、馬を売って何を買うの？」

ヤザンは「小麦と塩だ」と当たり前のように答えた。

フィンは、草原ばかりで耕作地が少ないバルト王国では、小麦も輸入しないといけないのだと気づいた。

それと同時に、バルト王国が海への道を諦めきれなかった理由もドシンと腹の奥に落ちた。

（そっか、塩がないと人は生きていけないもんな。同盟を結んだのだから、シラス王国から塩をもっとバルト王国に輸出できるといいな）

「なら頑張ってカザフ王国に馬を高く売らなきゃね！」

「当たり前だ！」

いきなりやる気を出し始めたフィンに、ヤザンは「変な奴」と苦笑した。

ルーベンスは、フィンがすっかりヤザン達に馴染んでいるのを渋い顔で見ていた。

（そんなに親しくしていると、ヤザンの妹を嫁にもらう羽目になるぞ）

ルーベンスの心配をよそに、フィンは日が暮れるまでずっと、少しでも馬を高く売るために見栄えを良くするのを手伝った。

次の日の朝、ガルンの部隊はカザフ王国との国境を無事に越えた。

フィンは、前にミンスの街からカザフ王国のルキアへ潜入調査した時とはかなり雰囲気が違うなぁ、と辺りを見渡す。

「こら、ぼんやりするな！」

敵国だというのに呑気そうなフィンに注意するルーベンスだが、確かにシラス王国との国境と違いのんびりとした雰囲気だ。

「ねぇ、ヤザン？　こんな小さな町で馬を売るの？」

「いや、まさか！　もう少し南下したアマンの市で、馬達の三分の一は売るつもりだ。なるべく王都に近い方が高く売れるんだけど、全部を連れて行くと飼葉代が高くつくからな」

バルト王国では草原の草を食べさせれば良かったが、カザフ王国ではそうはいかない。少しずつ馬を売りながら、選別した優秀な馬をロイマールまで運ぶのだ。

アマンの市にガルン達が馬を運んで行くと、市の責任者が揉み手をしながら出迎えた。

「ガルンさん、今年も良い馬を沢山連れて来てくれましたな」

「クーペンさん、少し遅くなったのじゃが、明日は市が立つ日じゃなかったかの？」

「ええ、その通りです」

市の職員が馬の柵へと誘導するのでフィン達はそれに続いたが、ガルンとルーベンスは責任者のクーペンの挨拶を受けた後、ワインを飲み交わし始めた。

「師匠、飲み過ぎなきゃいいけど……」

ヤザンの指示で、この市で売る馬と南に連れて行く馬を分けて柵に入れたりしながらも、フィンはじわじわとロイマールからの暗い空気に侵食されるような気がした。

大好きなワインを飲んでいるルーベンスも、嫌な臭いが南からの風に乗って運ばれてくる気がして、グラスを重ねられない。

「やぁ、皆さんも長旅ご苦労様です。さぁ、こちらで食事をしてください」

少しでも多くの馬を売ってもらおうと、クーペンは馬喰達に宴会を開いて機嫌を取る。

フィンは、ルーベンスがあまりワインを飲んでいないのでホッとしたが、それと同時に師匠も嫌な気配を感じているのだと気づいた。

盛り上がる宴会を二人で抜け出して、早目に宿屋の部屋に上がる。

「お前も気づいたか？」

「ええ、南から嫌な風が吹いています。まだ、ここら辺は侵食されていませんが、こんな腐臭がロイマールには満ちているのでしょうか？　人々は気づいていないものの、馬達は何となく落ち着きがありません」

「草食動物は危険に敏感（びんかん）じゃからな……こんな腐臭がするのは自然ではない。何か禁じられた魔法が使われたとしか考えられないが……」

難しい顔をして黙り込んだ師匠に、フィンはぐっと拳を握りしめて口を開いた。

「もしかして、あいつが？」

ルーベンスもカザフ王国で暗躍する魔法使いといえば、フィンの父親を拉致して死にいたらしめたゲーリックだと思い出していたが、首を横に振る。

「いや、あいつの魔法の波動とは違うと思うのじゃが……。これはもしかしたら、南の島の呪術師が行うという、蘇りの呪かもしれぬな」

「カザフ王国は南の島の海賊と手を結んでいるから、そこの呪術師を連れて来たのでしょうか？」

「それはロイマールに着いてから調査してみないと、何とも言えないな。まずは馬達を落ち着かせなさい。バルト王国にとっては一番の輸出品なのだから」

ルーベンスが珍しく素直にベッドに入ったので、フィンは馬達が入れられている柵へ向かう。

「もう十分食べたから、番を代わるよ」

警戒心の強いバルト人は、市に着いたからといって番を外さない。こうして誰か一人が残るのだ。番を務めていた男はフィンの申し出をありがたく受け入れ、宴会へと向かった。

『お前達……大丈夫だよ』

嫌な空気に少しピリピリしていた馬達の心を落ち着かせる。

そこへ、ヤザンが現れた。

「フィン、やはりここにいたな。それにしても番をしていた奴等ときたら……まぁ、フィンなら任せても安心だけどな」

ヤザンは番をしていた男達が宴会に参加したので、馬の様子を見に来たのだ。

「ところで、お前は水占い師なのか？」

「水占い師？　違うよ」

魔法を使っているのをヤザンに気づかれたのかと、フィンはドキンとした。

本当に水占い師ではないのだから嘘じゃないという思いを込めて言い切ったのが良かったのか、ヤザンは「そうだよな、まさかな」と笑った。

「水占い師なら、もっと楽な生活ができるよなぁ」

二人で馬の番をしながらフィンは、水の壁のことを思い浮かべ、今年の冬は水占い師も楽な生活はできないだろうと少し同情した。

ガルン達の部隊はカザフ王国の市で馬を売りながら南下し、首都ロイマールの郊外まで着いた。

「ほら、あの門を通ればロイマールだ」

ガルンがムチで指し示すまでもなく、他国を併合し国力を増すごとに拡大したロイマールが、見渡す限り広がっていた。

馬喰達は門へ行こうとするが、馬がブヒヒンと首をそらして嫌がる。

「どうも馬達が落ち着かないなぁ。売られるのがわかっているのかな？　こいつらは賢いから……」

ヤザンは馬から降りて、ロイマールまで連れてきた選抜した馬達の首を、一頭ずつ撫でて落ち着かせる。

「うっ、酷い腐臭だ！」

フィンとルーベンスは、呼吸するたびにロイマールから流れ出す嫌な空気に気分が悪くなり、馬達を落ち着かせるどころではなかった。

「師匠は郊外の宿に……痛い！」

「お前だけロイマールに行かせる訳にはいかない！　余計な口を開く前に、よく見なさい」

拳骨を落とされたフィンは頭を撫でながら、師匠が見つめている先を目で追う。

「あれは王宮ですよね？　何だろう？　黒い影に覆われているけど……ゲッ、気持ち悪い！」

遠目にも、ロイマールの中心にある、高く聳える塔に四方を囲まれた王宮は目立っていた。

旧帝国を復興させると公言する野心家のフレデリック王に相応しい、威光を具現化したような王宮だが、フィンの目には暗い闇の中心に見える。

「お前にも見えたか……あの触手に捕らわれないようにせねばならんぞ」

フィンが気持ち悪いと評したのは、王宮から伸びる触手みたいな黒い影だ。首都ロイマールのあちらこちらに伸びて、うねうねとのたうっている。

「あれは何ですか？」

ルーベンスは、こんな闇の魔法に若いフィンを近づけたくなかった、とカザフ王国に連れてきたことを後悔した。だが、ここまで来たら教えない方が危険だと腹を括る。

「やはり、南の呪が行われているようだな。もう少し調査しなくては詳しいことはわからないが、フレデリック王を延命させるための呪だろう。あの触手に近寄るでないぞ！」

「あんな気持ちの悪いものに近づいたりしませんよ！」

フィンはぶるぶるっと身体を震わせていたが、ルーベンスは調査のためには、いずれ触手の出どころと先端を見極める必要があるだろう、と覚悟を決めた。

「おい、置いていくぞ！」

どうにか馬達を落ち着かせた部隊が門を通ろうとしているのに気づき、フィン達も慌てて追いつく。

「お前、手伝いもしないで何を話していたんだ？」

ルーベンスが馬喰の仕事を手伝わないのは諦めているヤザンだが、今やフィンは部隊の一員なので文句を言う。

「ああ、ごめん。俺はロイマールに来るのは初めてで、あまりの大きさに驚いていたのさ」

「もう師匠に拳骨をもらっていたけど、浮かれちゃいけないぞ。カザフ王国の役人は他国の人間に厳しいからな。飲んで騒いだだけでも牢屋に入れられるぞ」

フィンは酒を飲むつもりもないから、ヤザンの注意を「ふうん」と聞き流す。

王都の門を護っているカザフ王国の兵士達は、ガルン達がバルト王国から良馬を運んで来るのは毎年の恒例行事なので、さほど調べずに通してくれた。

フィンは、やはり馬喰としてロイマールに潜入したのは正解だったなと、他の通行人への取締りの厳しさを横目で見ながら門をくぐった。

ガルン達の部隊は、いつもの馬の市へ向かった。何度も通ったことのあるロイマールの道なのに、ヤザンは何かが違う気がしてならない。

「どうも変だなぁ？　何かあったのか？」

「前に来た時と何か違うの？　俺は初めてロイマールに来たからわからないけど、注意しなくちゃいけないなら教えてよ」

「いやぁ、何がと聞かれたら、よくわからないんだが……兎に角、馬達も落ち着かないし、長居は無用だな」

ヤザンはまだ生えそろっていない髭をゴシゴシとかき毟る。フィンは、ヤザンを注意深く観察して、微かな魔力を感じる。

(そういえば、ザナーン宰相の母親は優れた水占い師だったっけ。同じ部族のヤザンも、水占い師になるほどの魔力はないけど、何かを感じ取っているんだ。それで馬の気持ちがよくわかるのか)

ロイマールの市は、馬だけを扱う特別な場所だった。ガルンが責任者と話している間に、フィン達は馬を指示された馬房に一頭ずつ入れていく。

「ふう、ここまで来たら一安心だ。ほら、もう一度ブラシを掛けるぞ！」

市の使用人もいるが、バルト王国の馬喰達はカザフ王国の人間なんか信用していない。競りに掛けるまでは、自分達でより良い状態の馬にするのが当然だと張り切って世話をする。もちろんフィンも駆り出されて、ブラシ掛けを手伝った。

馬の世話が一段落すると、見張り当番を残して馬市の近くの宿へ移った。

ルーベンスとフィンは、交代でロイマールの酒場に繰り出す馬喰とは別行動をとる。

「バルト王国の服装では目立つだろう。お前も着替えなさい」

フィンが普段着に着替え終わるのを待つのさえ、ルーベンスには腹立たしい。呪を目の当たりにして、気が急いているのだ。

「さっさと付いて来い！」

「師匠、どこへ行くのです？」

長身のルーベンスが足早に歩く後を追いかけながら、フィンは何か目的があるのかと尋ねる。

「黙って付いて来い！　余計な口をきくでないぞ」

馬市があったのは城壁の近くだったが、ロイマールの人々の生活を支える商店が立ち並ぶ下町へルーベンスは向かっていた。

フィンは大勢の人が行き来する下町の活気に驚いた。

「あんな腐臭がするのに、皆は気づかないんですね。馬達の方が敏感なのかな？」

「馬達も馬市の馬房に収まり、あの腐臭に慣れて静かになっただろう。それと同じじゃ。ロイマールの住民は、いつの間にか汚染(おせん)された腐臭に慣れてしまったのだ。それより、お前の名前だが……ヨハンということにしておこう」

フィンは、偽名を名乗らなければいけないほどの危険な場所に行くのだと察した。

「それはいいですけど……どこへ向かっているのですか？」

「着けばわかる。兎に角、その口を閉じておけ」

ルーベンスは下町をずんずんと歩き、その中でも客が引っ切りなしに出入りしているゴールドマン商店へ入って行った。

「店主のシリウス様はいらっしゃるかな？　古い友人のマーベリックが訪ねて来たと伝え

て欲しいのだが」

店員は見知らぬ老人に怪訝な顔をしたが、店主に伺いを立てに奥へ引っ込んだ。フィン達は買い物客の邪魔にならないように、店の隅で待つ。

フィンは、ルーベンスが普段は使うことがないマーベリックと名乗ったので、少し驚いた。それと同時に、マーベリック城で会った青いワンピース姿のフローレンスが頭に浮かんだが、今はそれどころではないと頭を振って追い出した。

(ここは香辛料を扱っている店みたいだけど……あれは何かな？　二重に見える扉があるよ)

わざわざ下町まで香辛料を買いに来た訳ではないのは明白だし、ルーベンスは旧友を訪ねて友情を温めるタイプではない。

フィンが師匠の真意を測りかねていると、店主のシリウスが現れた。

「おお、マーベリック様、ロイマールにいらしたのですね。どうぞこちらに」

豊かな商人らしく笑顔のシリウスは、ルーベンスの手を両手で握り、奥へ導く。

「シリウス様、こちらは私の手伝いをしているヨハンといいます。今さっきロイマールに着いたばかりで、お腹を空かせているに違いないので、何か食べさせてやってくれるかな」

フィンは、師匠がシリウスとの話し合いの場から自分を遠ざけたのだと腹を立てたが、言いつけ通り、黙って台所へ案内された。

繁盛（はんじょう）している商店の台所の大きなテーブルには、パンや冷菜が大皿に山盛りになっていた。

「そこにお座りなさいよ」

見るからに料理が上手そうなぷっくりと太った料理番の小母さんに言われた通りフィンが座ると、たっぷりの野菜のシチューがトンと前に置かれた。

「ありがとう。他の人はまだなの？　俺だけ先に食べていいのかな？」

「そんなの気にしないでいいさ。店が忙しいから店員は交代で食べるのさ。その後で、私達もたっぷり食べるから」

師匠はどうするのだろうと、シチューにパンを浸しながら食べていると、奥向きの女中がワインと冷菜盛り合わせなどを銀のお盆に載せて運んでいった。

「ワインばかり飲まないで、何か摘んでくれると良いな」

フィンの心配通り、奥の応接室でルーベンスは冷菜などには見向きもしないで、ワインを飲んでいた。

「マーベリック様がお越しになるのは十数年ぶりですなぁ。何か目的でも？」

カザフ王国の裕福（ゆうふく）な商人とルーベンスの関係は複雑だ。

シリウスは、ルーベンスに魔力の制御方法を教えてもらった。その見返りにロイマールでの宿泊先を提供したのだが、あからさまに自国の不利益になるようなことをルーベンスがするなら通報も躊躇わないだろう。

細い綱を渡るような話し合いの場に、考えが顔に出るフィンなど連れて来られないから、ルーベンスは台所に追いやったのだ。

「私がこうしてやって来た意味など、シリウス様ほどの商人ならわかっているでしょう」

シリウスは宝石のついた指輪をはめた手で、グラスを傾け、テーブルの上に真っ赤なワインを零(こぼ)した。そしてその零したワインの上に『呪』と文字を書くと、すっと拭き取った。

やはりシリウスは気づいていたかと、ルーベンスは青い目を光らせる。

魔法使いが低く見られるカザフ王国でも、魔法使いの素質を持って生まれる者はいる。シリウスもその一人だが、上手く隠して生活しているので、周りには商売の勘が良いぐらいにしか思われていない。

「ロイマールでも気づいている人は増えているのですな」

シリウスは、沈鬱(ちんうつ)そうな顔で頷く。

何か悪い呪が行われているのは感じているが、それをどうしたら良いのかもわからず悶々(もんもん)とした日々を送っていたのだ。

「あれは……あってはならないもののような気がしてなりません」

目の前の老人がシラス王国の密偵であるのは確かだが、自国の首都を呑み込むような闇をこのままにしてはおけないとシリウスは頭を下げた。

「少し調査する間、ここに泊まらせてもらうぞ」

シリウスは、若い頃に魔力を持て余して悩んでいた時に、それを制御する方法を教えてくれたルーベンスをある程度は信頼していたが、一つ確認しておかねばならないことがあった。

「それは構いませんが……あの呪は、シラス王国の魔法使いが掛けたものではないのでしょうな」

ルーベンスは怒りを帯(お)びた目でシリウスを睨み返した。

「あのような外道(げどう)な呪などあずかり知らぬことじゃ！　このまま放置しておけば、ロイマールは闇に呑み込まれるだろう！」

怒って席を立ったルーベンスにシリウスは慌てて謝り、引き止めた。

「失礼いたしました。このロイマールの闇をどうにかしてください」

シリウスの謝罪(しゃざい)を受け入れ、ルーベンスは椅子に座り直し、ワインをぐいと飲み干した。

## 二十五　蠢(うごめ)く闇を調査するぞ！

ゴールドマン商店の客間に荷物を置いたルーベンスとフィンは、王都ロイマールに闇を落としている、蠢く黒い影の調査に出かけた。

「中心は王宮みたいですね」

フィンが言うまでもなく、闇の中心は王宮だ。その王宮から何本もの黒い影が薄気味悪くロイマールの市街地に伸びている。

「王宮への潜入は難しそうだ。まずは、先端から調査するぞ」

足早に黒い影の先端を目指して進む師匠の後を、フィンは小走りで付いて行く。

「ここは……」

市場の端には家畜達を食肉用に解体する場所が設置されている。

「ロイマールには何百万人も住んでいる。その生活を支えるには、大規模な解体場も必要なのだが……」

フィンは青ざめた顔で解体場を見つめる。

フィンだって田舎で暮らしていたのだから、家畜を殺して食べることなんかで驚いたりしない。黒い影の先端が解体場だったので、おぞましい蘇りの呪がドンと胸に迫ってきたのだ。

「うっ……気味が悪い！」

解体場で牛の血が流されると、黒い影が濃くなり力強くのたうった。

「やはりこれは蘇りの呪だ！　困ったなあ。私は蘇りの呪には詳しくないのだ。私の師匠のトラビスは、こういった闇の呪を忌み嫌っていたので、それに関して口にすることさえ禁じられていた」

「当たり前ですよ。こんな気味の悪い呪なんか、俺も嫌いです」

解体場の職員達が休憩した隙に、ルーベンスとフィンは内部に忍び入った。

むせ返るような血の香りだけでなく、黒い影のうねうねと蠢く様子に、フィンはウッと吐きそうになる。

「お前は外で待っていなさい」

「大丈夫です。この黒い影は何本もロイマール中に伸びています。師匠だけで消すのは無理です」

フィンの言う通り、自分一人で地道に消していては、王宮で呪を張り巡らせている相手に察知され、妨害（ぼうがい）されてしまうのは確実だ。二手（ふたて）に分かれて一気に封じ込めていった方が効率が良い。

ルーベンスは、フィンを巻き込むことを決意した。

「なら、隅でじっとしているのだぞ」

ルーベンスは呼吸で精神を統一し、蠢く黒い影に向かって鋭い風の刃を投げつけた。フィンは、師匠の魔力の凄さに驚くと同時に、風の刃の大きさに息を呑む。

そして巨大な風の刃は、蠢く黒い影をぶった切った。

「わぁ！　黒い影が消えた！」

フィンは飛び上がって喜んだが、ルーベンスが「待て！」と制した。

一旦は消えた黒い影が、何事もなかったかのように復活する。

「これは、やはり元を絶たなきゃいけないんじゃないかな？」

「そうじゃのう。だが、王宮にはシラス王国の魔法使いも潜入したことがないのだ。だから、内部の情報が乏しい」

昼休憩を終えた職員達が戻ってきたので、フィンとルーベンスは姿を消して解体場を離れた。

賑やかな下町を足早に歩きながら、二人は小声で話し合う。

「師匠も王宮へ潜入したことがないのですか？」

「ううむ。若い頃、一度試してみたが……庭しか潜入できなかった。カザフ王国では魔法使いの地位は低いが、番犬のように王宮に配置されていたのだ。それを知らなかった私は、うっかり見つかってしまい……それからは、トラビス師匠の代わりに防衛魔法を維持したりで、カザフ王国の王宮へなど行く暇はなかったのだ」

若い頃の師匠はあちこちに潜入調査していたのだな、とフィンはそのやんちゃぶりを想像して微笑んだ。

「前にも水占い師に見つかったと言っていましたね。バルト王国の騎馬隊に追いかけられるのは厄介だと。師匠って結構、失敗が多いんじゃないかな」

弟子に若い頃の失敗を笑われて、ルーベンスが「お前に言われたくない！」と叱ろうとした時、ドンと男達に背中を押された。

「師匠！　大丈夫ですか？」

フィンがルーベンスにぶち当たった男に文句を言おうとしたが、男達はただならぬ様子で広場に向かって走って行く。

「何があるのですか？」

ルーベンスは、走っている男に尋ねた。

「広場で処刑があるんだよ。それで皆、見に行くのさ。あんた達も見物するなら、急いだ方がいいぜ！」

フィンは処刑など見物する気持ちが理解できないと首を横に振ったが、ルーベンスは「行くぞ！」と広場へ向かう。

「師匠、処刑見物なんて悪趣味ですよ！　やめましょう」

「お前は、あの黒い影が活性化しているのが見えないのか！」

「まさか！　家畜だけでなく……ウッ」

今度こそ吐きそうなフィンに「仕方ない、ここにいろ！」と命じるが、フィンは真っ青な顔で立ち上がる。

広場に着くと、そこには断頭台が設置されていた。その周りには処刑を見物する群衆が取り巻いている。呆れたことに、その見物客目当てに屋台すらあった。

「こんなの野蛮ですよ」

「もちろん、公開処刑は野蛮だ。しかし、法を犯した者を処刑し、それで治安を維持する効果もある。それより、あの黒い影の変化を観察するのだ！」

フィンは、処刑を見るのは初めてだった。

田舎のカリン村でも犯罪はある。人の羊を盗む泥棒、空き巣、暴行など。しかし、このような公開処刑はなかった。

やがて、役人達が罪人を何人も引き連れて来た。

「何をしたのでしょう？」

「さぁ……殺人か反逆か？　カザフ王国では罰が厳しいと聞いたが、処刑されるのだからそれなりの罪を犯したのだろう」

ルーベンスは影の変化を観察するのに集中していたが、フィンはボロボロの服を着た罪人達が何をしたのかが気になって仕方ない。

「言っておくが、処刑の邪魔をするでないぞ。こんな群衆の中で魔法を使ったりしたら、潜入調査はそれまでだからな」

フィンは硬い表情で頷く。

「わかっています。あっ、罪状が発表されるみたいです」

役人が紙を取り出して、罪を暴きたてた。

「この男達は王の森で密猟をし、王の食卓に上るべき鹿を盗んだ。よって、ここに斬首の刑とする」

群衆達は、罰の重さに少し驚き、ざわめいた。

「密猟で死刑なのかい？」

「普通は鉱山に送られて労働罰だろう？」

ルーベンスとフィンも、驚きを隠せない。

「カザフ王国では密猟で死刑なのですか？」

「まさか！　カザフ王国はシラス王国より罰は厳しいが、そんなことで国民を殺していたら国が保たないだろう。それに群衆も不満そうだ。公開処刑の目的には、リンチの防止もあるのだ。それなりの重罪犯を公開処刑でやっつけることで、庶民の不満の解消を目論んでいるのに、これでは意味がないだろう」

群衆の中から罪人の身内が飛び出した。

「お願いします！　マシューは見張りをしただけです」

年老いた母は、息子だけでもと断頭台に縋りつく。マシューと呼ばれた男は、母親に手を伸ばしたが、役人に取り押さえられた。

「マシュー！　お役人様、どうぞご慈悲を！　この子はまだ十六なんです」

「うるさい！」

足蹴にされた母に、同情の声が上がる。

「密猟で死刑は酷いんじゃないか！」

「そうだ！　そうだ！」

何人かの男達が役人に石をぶつける。

「あの者達を捕まえろ！　国家への反逆罪だ！」

兵士達が断頭台から飛び降り、石を投げた男達を捕まえようとしたが、男達は素早く群衆の中に逃げおおせた。

フィンは憤懣を堪えるのに苦労したが、その間に粛々と処刑は実行された。

「フィン、あの黒い影が活性化しておる！」

解体場でも牛の首が斬り落とされた時に、黒い影が濃くなり蠢き方も激しくなったが、ここではより力を増し気味悪くのたうつ。

「もしかして……人の命を吸って……!?」

おぞましい考えがフィンの頭によぎり、グッと拳を握りしめた。

「王宮へ潜入するぞ！」

年老いた母の悲鳴に背を向けて、ルーベンス達はゴールドマン商店へ急いだ。

# 二十六　王宮へ潜入するぞ！

「人の命でフレデリック王の命を永らえているのですよ！」

憤懣やる方ないフィンは処刑場となった広場を離れた途端、怒りの叫びを上げた。ルーベンスも猛烈に腹を立てている。

「魔法使いには普通の人よりも高い倫理観が必要だと、トラビス師はいつも言われていた。高価な物を魔法で不法に取り寄せたり、姿消しを悪い目的で使ったりすることもできるのだからな」

フィンは一瞬、魔法学校の裏庭の肥えた土を、カリン村に魔法で送ったことを思い出し、少し後ろめたくなった。

「あのう、師匠……前にアクアーのための池を造った時に、俺は土をカリン村に送ったんだ。あの土は肥えていたし、無駄にするのは勿体ないと思って。そんなことしちゃいけなかった？」

ルーベンスは、小さくなっているフィンを見て噴き出した。あれほど腹が立っていたのに、少し気持ちが鎮まる。

「フィン、それは魔法の倫理には反しないさ。倫理が問われるのは、人を傷つける時だ。お前はこれから攻撃魔法で人を傷つけることがあるかもしれない。それらは全て、お前が責任を取る覚悟を持って行わなければならない。人を傷つけることは、多かれ少なかれ倫理にもとる。それをどこまで許容するのか、どこからが踏み込んではいけない領域なのか、自分で考え、自分で決めなさい」

フィンは、自分が上級魔法使いとしてシラス王国を護るために必要なことだと頷いた。

「それにしても、人の命をあんな風に使う魔法なんて許せません。師匠は、南の島の呪術師が使うと言っていたけど、もしかして海賊の仲間なのかな？」

「ううむ、どうだろうなぁ。私も南の島の呪術師が呪を使うところを、実際に見た訳ではないのだ。何回か南の島に行ったが、私が見た呪術師は普通の治療をしているだけだった。シラス王国で言うなら、初級の治療師だ。しかし、南の島を全部回りきった訳ではないし……」

二人はどうにかこのおぞましい呪を止めなければと、王宮への潜入方法を考えながらゴールドマン商店へ戻った。

「シリウス様、少しお願いがあるのです」

「何事でしょう？　奥でお話を聞きます」

重大な話だと勘づいたシリウスが、二人を奥の書斎に案内する。

「広場で公開処刑が行われていた」

シリウスは眉を顰めて、先を促した。このところ処刑が多いのはロイマールの民なら誰でも気づいている。

「この国では密猟しただけで処刑されるのか？　あの黒い影は、断頭台で人が殺される度(たび)に活発になり、闇を深くしておった。私達は闇のもとへ行かねばならぬ。ゴールドマン商店は、香辛料を王宮に納(おさ)めておるな？」

「確かに香辛料などを納入していますが、そんな無茶なことは駄目ですよ」

他国の密偵を家に匿(かくま)うのですら危ういのに、王宮へ侵入する手引きなどできないと、シリウスは真っ青になる。

「このままでは、ロイマールはさらに深い闇に呑み込まれるぞ。今の段階でも罪の軽い者まで処刑しているが、こういったことはどんどんエスカレートする」

「それは……私も近頃のフレデリック王はおかしいと感じていました。以前から罪人には厳しい王でしたが、このところは軽い罪でも処刑されることが多くて……。この前、王宮へ肉を納めている商人が目方を誤魔化したことを責められ、一族全員が処刑されたのです。そりゃ、悪いことをしたのは事実ですが、普通なら罰金で済む話です」

「処刑が増えたのは、人の命でフレデリック王の命を永らえているからだ」

「まさか！　そのような呪は禁じられているのでは？　いくら偉大な王であっても、寿命は変えられません。そうじゃないのですか？」

「その通り！　あってはならないことだ。このような外道な呪は、闇の末端を切っても意味がない。元を絶たなくては駄目だ。つまり、王宮にいる呪術師を倒す必要がある」

ルーベンスがシリウスを口説いている間、フィンは口を閉ざしていた。そして、書斎の奥の二重に見える扉をじろじろと見ていた。

（どうもあの扉はおかしい。何か隠されているみたいだけど？）

シリウスがやっと王宮への侵入の手配を考えても良いかもしれないと折れてきた時、フィンが隠されていた扉を開けた。

「何をしているのです！」

「ヨハン！　黙って座っていろと言ったのに」

ルーベンスは、やっとシリウスを説得したのに、フィンによって邪魔をされたと腹を立てる。

開け放たれた扉の奥には、小さな部屋があった。

「この部屋は何ですか？」

シリウスは、マーベリックの付人は普通の小僧に見えたが、やはり魔法使いだったのかと感心する。

「その部屋は、私が魔法使いだとバレた時に、一時的に避難するための隠し部屋です。カザフ王国では魔法使いだと知られたら、普通の暮らしはできません。家族や王の下働きとして一生汚い仕事をさせられるのです」

「ここに一時的に避難して、その後は……？　ずっと隠れている訳にはいかないでしょう。シリウス様、シラス王国に一緒に行きませんか？」

若い魔法使いの同情に、シリウスは首を横に振った。

「魔法使いには生きにくい国ですが、カザフ王国は私の故郷なのです。家族だけでなく、雇い人、そして友もいます。さぁ、扉を閉めてください」

「勝手に開けてすみません。でも、本当に生きにくいと思った時は、アシュレイ魔法学校を訪ねてください」

まだ王宮への侵入の手助けをするのに躊躇いを持っていたシリウスは、若い魔法使いの言葉に微笑み、決心した。

「良いでしょう！　マーベリック様とヨハン君をどうにかして王宮へ潜入させましょう。丁度、明日は香辛料を納入する日なのです」

ルーベンスは自分の理論より、フィンの素直な思いやりがシリウスの背中を押したのだと苦笑した。

夜中、王宮へ納入する香辛料などを乗せた荷馬車に、シリウスとルーベンスとフィンは、こっそりと忍び寄った。シリウスの召使い達も、肉業者のように目方が違ったりして処刑されたら大変だと慎重になっており、積み込み作業がなかなか終わらなかったのだ。

「あの樽なら人が入っても大丈夫そうだな」

「でも、肉の目方を誤魔化した商人が処刑されたのでしょ？　俺達が抜け出した後、空の樽が残っていたらまずいんじゃないかな？」

シリウスは真っ青になる。

「それは困りますよ！　私だけでなく、家族まで処刑されるのは御免です」

「なに、その樽の中身は隠し部屋に置いておいてくれ。侵入さえできれば、その中に香辛料を呼び寄せておくさ」

「それなら、なんとかなりそうですね」

フィンは、何かが引っかかっていた。ううんと、腕を組んで考える。

「あれ？　それなら、移動魔法で王宮へ侵入すれば良いんじゃないの？」

ゴツン！

ルーベンスから拳骨が落ちた。

「少しは頭を使わないか！　見も知らぬ王宮に移動魔法で飛べる訳がないだろう。それに、間違って兵や番犬の魔法使いの前に現れたりしたら大変だ」

「痛いなぁ……でも、師匠は若い頃……痛い！」

若く無鉄砲な頃の失敗を弟子に指摘されたルーベンスは、二度目の拳骨を落とした。

「ヨハン君は若いし、ここに置いていけばいいのでは？」

シリウスは、落ち着きのない弟子に王宮への侵入は危険過ぎるのではないかと不安になった。

「そうだなぁ。お前はここに……」

ルーベンスも本音ではフィンを危険に晒したくない。できれば、安全なゴールドマン商店で待っていて欲しいのだ。

「嫌です！　師匠が置いていったりしたら、追いかけて行きますからね」

「お前は、師匠の言うことを素直に聞けないのか！」

叱りつけても、フィンは頑固だ。

「師匠こそ、無理をしてはいけないのに！　絶対に目を離しませんからね」

このままでは眠らずに王宮へ潜入することになる。その方が危険だと判断したルーベンスは折れた。

「わかった。だから、しっかりと休養をとりなさい」

まだ疑いの目で見ていたフィンだが、出発時間をずらせない以上、師匠が夜中にこっそり出掛けるのは無理だと結論づけ、ベッドに入った。

宵っ張りのルーベンスは、寝酒を飲みながら、スヤスヤ寝ているフィンの寝顔を眺めて、この若い命を絶対に護ると決意した。

## 二十七　香辛料の樽

翌朝、フィンとルーベンスは軽く朝食をとると、王宮へ納入される香辛料を満載した荷馬車が置いてある倉庫へ向かった。

「皆が食事をしているうちに潜り込むとするか」

ルーベンスは大きな樽の中身を隠し部屋へ移動魔法で送り、代わりにフィンに入らせた。樽の蓋を閉めながら、最後にもう一度ルーベンスは、ゴールドマン商店に残らないかとフィンに翻意を促した。

「今日は王宮の内部調査だけにするから、やはりお前はここで待っていなさい。蘇りの呪を掛けている呪術師の居場所を私が探っておくので、倒しに行く時に一緒に行こう」

フィンは樽の中から、この期に及んでまだ自分を置いて行こうとする師匠に呆れた。

「さっさと蓋を閉めてください。絶対に師匠一人では行かせませんからね」

頑固な弟子にルーベンスもお手上げだ。

「言っておくが、喋ったりするなよ」

「そんなのわかっていますよ。それより、師匠も早く隠れなきゃ」

なるべくゴールドマン商店の召使い達にも知られたくなかったので、ルーベンスももう一つの樽の中身を移動させて、中に隠れる。

はじめはバレるのではないかとフィンの心臓はバクバクしていたが、馬車が動き出す頃にはすっかり落ち着いて、しまいにはうとうとするありさまだった。

だが、王宮の通用口で馬車が止まり、門番達と召使いとのやり取りが始まると、再び緊張が走った。フィンは心臓の音が外に聞こえるのではないかと心配になる。

「ゴールドマン商店です。注文された香辛料をお届けに参りました」

「ああ、ここに書いてある。中身は間違いないだろうな？　目方が足りなかったりしたら大変だぞ」

「大丈夫ですよ。昨日、何回もチェックしたのですから」

「まぁ、通って良し！　調理場の主任が注文通りかチェックするのを待ってから倉庫に納めるのだぞ」

フィンは「まずい！」と思わず叫びそうになった。倉庫に納められた後、樽の中から出て、中身を隠し部屋から呼び寄せる予定だったのだ。

さらに悪いことに、樽に染みついた香辛料の香りが焦るフィンの鼻を刺激する。

(くしゃみなんかしたら、絶対に駄目だ！)

フィンは必死で鼻を押さえて、くしゃみを止めることに集中した。

荷馬車は再び移動し、ほどなくしてガタンと止まった。今、調理場の主任に樽を開けられたら、とてもまずい。

(そうだ、逃げ出さなきゃ)

フィンがあたふたしていると、隣の樽から「移動魔法で外に出るぞ」とルーベンスからの指示があった。

フィンもいつもなら魔法で移動するのは簡単にこなせる。でも、今回はくしゃみが出そうで鼻を押さえているのだ。

そして、精神を統一しようといつも通りに深呼吸した瞬間、クッション！ と大きなクシャミをしてしまった。

(やばい！ バレた！)

慌てるほど魔法は使えなくなる。フィンはパニック状態になった。

次の瞬間、突然明るい場所に移動した。目の前に師匠が！ と思った瞬間、拳骨が落ちた。

「痛い！」と叫びそうになったが、ルーベンスに口を塞がれる前に堪える。

「お前はもっと落ち着かなくてはいけないぞ。外の気配に敏感であれば、ゴールドマン商店の召使いが主任を呼びに行ったのがわかったはずだ」

　フィンは、香辛料でクシャミが出そうで大変だったのだと内心で言い訳した。

「私は中身を移動させるから、お前は周囲を見張っておけ。王宮には我が国の魔法使いの侵入を警戒して、何人かの魔法使いが番をしているはずだ。くれぐれも目立つ探索の網を掛けるなよ」

　ルーベンスが建物の陰から、樽の中に香辛料を呼び寄せている間、フィンは言いつけ通り魔法使いの気配を探っていた。

「王宮の本殿に何人か魔法使いがいるな……この波動！　前とは桁違いだけど、この波動には見覚えがある！　ゲーリックだ！」

　香辛料の目方が足りなかったらゴールドマン商店に迷惑をかけると思い、慎重に移動魔法を掛けていたルーベンスは、フィンが走り出すのを止められなかった。

「フィン！」

　フィンはあっという間に離れていく。

　ルーベンスもゲーリックの気配に気づき、フィンの背中を追った。

「あの馬鹿者め！　敵国の王宮だとわかっているのか？」

　王宮には護衛が何百人もいるのに、何も考えず走り出した弟子にルーベンスも慌てた。

フィンはゲーリックの気配に向かって一目散(いちもくさん)に走った。

「誰だ！」

フィンはゲーリックにだけ目を向けていたが、当然ながら何人もの護衛に止められた。

「そこを退(ど)け！」

フィンは護衛達を小さな竜巻で吹き飛ばしながら、ゲーリックを探す。

「不審者(ふしんしゃ)が侵入したぞ！」

護衛が次々と現れるが、フィンの眼中にはない。

「ゲーリック！　どこだ！」

極限(きょくげん)まで集中し、憎い親の仇を見つけた。

そのままゲーリックのいる場所へ瞬間移動する。

やっと追いついたルーベンスは、集まった護衛達を相手にする気にならない。スッと姿を消す。

「どこに飛んだのだ？」

弟子のフィンの気配は、離れていてもわかる。ルーベンスもゲーリックの部屋へ飛んだ。

「何者だ！」

ゲーリックは、フレデリック王の寝室の前の部屋に常駐していた。その部屋の前には何人もの護衛がいる。しかし移動魔法を使えば、護衛など相手にする必要はない。

フィンはゲーリックの他に誰もいない部屋に、飛び込んだ。

目の前に現れた少年にゲーリックは驚いたが、茶色の髪と緑色の瞳に記憶が甦った。

「お前はケリンの息子か？　わざわざあんな辺鄙な村まで訪ねて行ったのに、お前を見逃してしまったのか」

目の前の少年が魔法でこの部屋に現れたのは明白だ。

ゲーリックは自分の失態を悟り、苦笑した。

シラス王国の防衛魔法を無効化できたケリン。彼の身内に魔法使いがいたら、始末するか、カザフ王国に連れ帰るつもりだったのだ。

「ゲーリック‼　何故お父さんを殺したんだ！」

仇を目の前にして、フィンは理性を保つのが難しい。

ゲーリックには、ケリンを殺すつもりはなかったが、言い訳はしなかった。人一人の命を奪った経緯など、瑣末なことに思えたのだ。

「そんなことより、お前も偉大なフレデリック王に仕えないか？」

白髪交じりのゲーリックは、見た目は穏やかな初老の男だ。

猫撫で声で話しかけられて、フィンの怒りは頂点に達した。

「絶対に許さない！」

魔力任せに風の刃を作り出し、薄ら笑いを浮かべているゲーリックに向かって投げつけた。

「おおっと、なかなかやるじゃないか！」

前のゲーリックなら、フィンの風の刃でも倒せたかもしれない。

だが、ゲーリックは蘇りの呪の副作用として、魔力が増大していた。触れるだけで軌道を逸らしてしまう。さっと逸らされた風の刃は、王の寝室への扉を傷つけた。

自分の攻撃がゲーリックに届かなかったのにショックを受けたフィンは、冷静になるどころか、さらに頭に血が上り、矢継ぎ早に風の刃を叩きつける。

薄ら笑いを浮かべたままのゲーリックは、その風の刃を逸らし続け、部屋は無茶苦茶に破壊されていった。

「ゲーリック様！」

部屋の異変に驚いて、護衛が飛び込んで来た。

「お前達は下がっておけ。フレデリック王のもとに通しはしないさ」

「ですが……」

「下がっていろ！」

護衛達は、王の一番の信頼を得ているゲーリックにきつく命じられて、渋々引き下がっ

た。自分の権力を見せつけた満足感に浸ったゲーリックは、余裕の笑みを湛(たた)えて、フィンに話しかける。

「もう、これでお終いか?」

力任せの攻撃を仕掛けていたフィンは、体力を消耗して息も上がっている。

「なら、今度はこちらからだ。さぁ、フレデリック王に仕えると誓(ちか)うのだ!」

フィンは防御魔法も修練(しゅうれん)不足だ。いくつかの攻撃を逸らしたが、一つを逸らし損ねて頬に傷を負う。

「死んでも、フレデリック王に仕えたりしない!」

頬の血を手でグイと拭って、フィンはゲーリックに宣言した。その真剣な瞳を見て、ゲーリックが豹変(ひょうへん)した。

今までは、できればケリンの息子を自国に仕えさせたいと考えて、軽い攻撃をしていた。

しかし、偉大なフレデリック王に仕えるのを力強く拒否(きょひ)され、怒りの感情が湧き起こる。蘇りの呪を使う以前よりも、感情の振れ幅が大きくなっていることに、ゲーリック自身は気づいていない。

「そうか、なら死ね! フレデリック王に仕えぬ魔法使いなど、この世に存在してはいけないのだ」

大きな風の刃がフィンに向かって投げつけられた瞬間、ルーベンスが部屋に現れた。

状況は掴めていないが、反射的に、風の刃をフィンから逸らす。

これまでの攻防の間、奇跡的に無事だった王家の宝の大きな壺が、粉々に砕けた。

「シラス王国の魔法使いのお出ましか。あれは先代が大事にされていた壺だが、まぁいいさ。たかが壺だ」

フィンは激昂していたゲーリックが、くすくす笑い出したのを見て、どうなっているのか訳がわからなくなった。

一方、ルーベンスは、一目でゲーリックがおかしくなっていると気づいた。

直接会うのは初めてだが、ケリンの棺から読み取った魔力の持ち主とは、とても思えない。増大した魔力がどこから来たのかは、黒い影がゲーリックに集約されているのを見れば、火を見るよりも明らかだった。

「お前が蘇りの呪を掛けているのか！」

「なら、どうするというのだ？　あの悪魔のアシュレイが作った魔法学校で学んだお偉い魔法使い殿は、禁断の魔法など使わないのか？」

高笑いしながら、ゲーリックはルーベンスに風の刃を投げつけた。ルーベンスは、それを逸らす。フィンは先ほどまで冷静さを失っていたので、蘇りの呪をゲーリックが掛けていたことに全く気づいていなかった。

それを知り、フィンの怒りがさらに増す。

「お前が人の命を吸い上げるような外道な呪を！」

フィンだって、平常心を保っていれば、黒い影がゲーリックを中心に蠢いているのが見えたはずだ。ルーベンスは我を忘れている弟子の姿に舌打ちする。

「なら、ゲーリックをやっつければ、蘇りの呪も消せるはず！」

少し冷静になれ！　とルーベンスは叱りたくなったが、ゲーリックの攻撃を逸らすのに精一杯で、フィンに構っている余裕がない。

「ほら、お偉い魔法使い殿は攻撃しないのか？」

ルーベンスは、自分が全力で攻撃すれば、ゲーリックを倒せるかもしれないと考え、迷っていた。

ゲーリックを倒せば蘇りの呪は消えるが、力を使い果たして自分が倒れたら、ここからフィンを逃がせない。それに、自分が倒れたりしたら、シラス王国の防衛魔法が消えてしまうかもしれない。

「逃げるぞ！」

ルーベンスは、咄嗟に判断を下した。

「師匠！　でもゲーリックをこのままには……！」

この場に残ろうとするフィンの襟首を引っ捕まえて、ルーベンスはゴールドマン商店の隠し部屋へ魔法で移動した。

## 二十八　敗北

ゴールドマン商店の隠し部屋に現れたルーベンスは、フィンを怒鳴りつけた。

「この馬鹿者！」

フィンは、力任せの攻撃や防御で魔力を使い果たしていて、くたくたと床に崩れ落ちる。

「大丈夫か？」

心配して差し伸べられたルーベンスの手を、フィンは振り払って立ち上がる。

「師匠、何故！　あいつが蘇りの呪を掛けていたのですよ。倒せば良かったのに！」

ルーベンスにとって、自分の魔力不足を弟子に告げるのは高いプライドを自ら傷つけることと同義だったが、その痛みを堪えて言い聞かせる。

「前のゲーリックなら、簡単に倒せただろう。しかし、今のゲーリックは、私の全力でも倒せるかどうかわからない。あの時、全ての魔力を使い果たしてゲーリックを討つことができたとしても、その後で護衛に殺されただろう。そうなったら、シラス王国の防衛魔法はどうなるのだ？　それに、お前が死んだら、家族やウィニーはどうなる？」

フィンにだって、魔力を使い果たして護衛に囲まれたら大変なのはわかる。わかるが、認めたくなかった。

「師匠がゲーリックを倒してくれたら、俺が師匠を連れて魔法移動しましたよ」

ルーベンスは、ゲーリックの件になると冷静さを失うフィンを、カザフ王国に連れて来たことを、心から後悔した。

「では、今すぐに私に攻撃を仕掛けてみなさい」

「何故急にそんなことを？　……師匠に攻撃を仕掛ける必要なんてありませんよ」

「なら、攻撃を逸らしてみなさい」

「ええっ！　師匠！」

突然、ルーベンスが投げつけた風の刃を、フィンは逸らすことができなかった。もうそんな余力は残っていなかったのだ。

もちろん、ルーベンスにはフィンを傷つけるつもりなどなかったので、肌すれすれで風の刃は消滅する。

「お前はもっと落ち着かないといけない。自分の魔力を過信(かしん)しては駄目だ。ほら、頬の傷を治療してやろう」

ゲーリックに敗北したことがようやく胸に落ちたフィンは、頬の治療をしてもらいながら、涙を零した。

「治療したのだから、もう痛くないだろう。泣くのをやめなさい」

フィンは、頬の血と共に涙を袖で拭いて、ルーベンスを見つめた。

「俺はゲーリックに負けたのですね。お父さんの仇に……」

苦い敗北の味を噛みしめていたフィンだが、腹がグーと鳴った。どこか格好のつかない弟子にルーベンスは大笑いした。

「さぁ、何か腹に詰め込んでから、これからのことを話し合おう」

フィンは隠し部屋から出ながら、師匠が積極的に食事をしようと言い出したのは初めてだと笑った。

「もしかして師匠もお腹が空いているのですか？」

ルーベンスと知り合ってから何年も一緒に過ごしたが、お腹を空かせているのを見たことがなかった。やっとしっかり食べる姿が見られると、台所へいそいそと向かったが、フィンは失望した。

「えっ、それだけしか食べないのですか？」

シチューを数回すくって口に運ぶと、ルーベンスは食事を終えた。

「おや、口に合わなかったかい？」

賄いの小母さんが心配そうに声を掛ける。

「いやいや、とても美味しかったですよ。でも、私は年のせいか食が細くてねぇ。ワインの方がありがたいです」

普段は昼間からワインなど出さない小母さんだが、主人の昔からの知り合いの頼みに応えた。

「師匠、飲み過ぎないでくださいね」

「お前こそ食べ過ぎるなよ。この後、話し合うんだからな」

フィンは、ルーベンスが残したシチューも食べた上におかわりまでしていた。

「若い子は気持ち良いくらい食べてくれるね」

「小母さんのシチューが美味しいからですよ」

フィンとルーベンスは、早目の食事を出してくれた賄いの小母さんに感謝して、客間へ戻った。

「フィン、冷静になれないようなら、話はしないが……」

フィンはその言葉に首を振る。

自分がゲーリックを目の前にして無謀(むぼう)な攻撃をし、そして敗北してしまったことをフィンは受け入れていた。

「大丈夫です。蘇りの呪をこのままにしておけないし、師匠が気がついたことと、俺が気づいたことをすり合わせたいです」

ルーベンスは、まだフィンの言い分を完全には信用していなかったが、自分以外の意見も聞きたかったので頷いた。

「あれはやはり南の島の蘇りの呪だと思う。お前はゲーリックと黒い影が繋がっていることに気がついたか？」

「そりゃ、気がつきましたよ……最後には」

師匠が看破するまで気づかなかったことを思い出し、フィンは唇を噛みしめた。

「あやつの魔力の増大は、蘇りの呪からもたらされたものだろうか？　だとすれば厄介だぞ」

ルーベンスが腕を組んで唸るのを見て、フィンはやっとゲーリックが強くなった理由がわかり、腹を立てた。

「なんて奴だ！　命を吸い取って自分の魔力を増大させているのか？　外道め！」

あれこれ考えているのに横で怒鳴り散らされては迷惑なので、ルーベンスは静かにしろと命じた。

「蘇りの呪で魔力が増大しているのは事実だが、ゲーリックがそれを目的にして処刑させている訳ではないだろう。呪があやつを基点としているから、自然と魔力が増大するのだ。フィンも冷静に観察できたなら、黒い影があやつに吸い込まれている様子がわかっただろう」

「ゲッ、あんな気味の悪いものが体に吸い込まれているんですか？　だから、あいつは変だったんだ。普通じゃいられないよね」

ルーベンスは自分が部屋に行くまでの二人の会話を知りたくなった。

「ゲーリックとは何を話していた？」

フィンは、敗北した相手との会話なんか思い出したくもなかったが、渋々話す。

「俺は、何故お父さんを殺したんだと聞いたけど、あいつは答えもしなかった。で、俺が攻撃したら、それを笑いながらかわしたんだ。それが扉に当たって、護衛が部屋に入ってきた。なのに、あいつは護衛を下がらせた。俺なんか目じゃないんだよ。王の部屋には入らせないから大丈夫とか言っていたし」

やはり敗北した話は思い出すだけでも辛い。フィンは、大きな溜め息をついた。

「ゲーリックが王の寝室を護る兵を下がらせたのか？　カザフ王国の魔法使いは、さほど高い地位にはつけないはずだが。その時の様子を詳しく教えてくれ」

「詳しくっていっても『下がれ！』と偉そうに命じただけだよ。護衛は少し不満そうだったけど、命令には従った。あっ、その後も変な感じだったんだ。俺に何回もフレデリック王に仕えろと言ったり、拒否したら凄く怒ったり。なのに、へらへら笑ったり。どう見てもおかしかった」

ずっと前に父親の死を告げに来た時も、愛想が良い顔の下に、嫌な雰囲気を纏っていたが、こんな不安定な感じではなかった。

「あのような禁じられた呪を掛けて、何の反動もない訳がない。精神に悪影響が出ているのだろう。それに、護衛に命令するのに慣れているのなら、フレデリック王の威を借りるのが日常的になっている証拠だ」

ルーベンスは、トラビス師から教わった国の統治や権力にまつわる歴史を思い出しながら語る。

「ゲーリックは、これまでフレデリック王に仕えていたが、さほど地位は高くなかった。それが、王が病に倒れてから変わった。蘇りの呪で王の生殺与奪の権を握ったことで、絶大な権力を手にしたのだ。これは危ういな」

フィンは、師匠があれこれ考え込んでいる横で、ぶつぶつ文句をつける。

「今、フレデリック王は蘇りの呪で命を永らえている状態なんですよね。じゃあ、ゲーリックはやりたい放題じゃないですか？　もうどっちが王様だかわかりませんよ」

「それはゲーリックがフレデリック王ほど人望を得ていればの話だ。お前もゲーリックを見て危うさを感じなかったか？　あやつは魔力が増大し、それによって自分が偉大な人物になったように勘違いしておる。その上、フレデリック王の威を借りて、人を意のままに操れる権力に酔いしれておるのだ。カザフ王国の王族が、このまま黙っている訳がない。あやつが王を気取っていられる期間も、そう長くはないだろう」

ルーベンスは、フィンに攻撃魔法をもっと教えなくてはいけないし、それ以上に政治について教える必要があると感じた。

「ねぇ、師匠は、ゲーリックの立場を危ういなんて余裕をかましているけどさぁ、蘇りの呪の末端は切ってもすぐに復活しちゃうし、それを掛けているゲーリックは、末端から命を吸い上げて魔力を増大させているんでしょう。呪がある以上、フレデリック王は死なないし、ゲーリックはずっとあのままじゃないの？」

力の源を絶たなければ、事態は解決しない。フィンの言葉で、ルーベンスは、今は弟子の教育課題よりも、黒い影を消す方法を考えようと頭を切り換えた。

ルーベンスもフィンも、蘇りの呪を打ち破る手段が思いつかない。

「今のゲーリックは師匠でも倒すのが難しいのですよね。ねぇ、師匠？　蘇りの呪について、トラビス師以外の他の上級魔法使いは何か記録を残したりしていませんか？」

フィンは、アシュレイにはトラビスの他に四人の弟子がいたので、もしかしてと期待する。

「ううむ……防衛魔法の掛け方や竜の育て方を調べるために、他の四人の上級魔法使いが書き残したものも読んだが、南の島の呪については何も書かれていなかった。アシュレイ様も禁じられた呪は嫌いだったのだろう。関わらないよう、弟子達に命じられたのかもしれない」

「そりゃ、あんな気味悪い呪になんか、関わらない方が良いに決まっていますよ。でも、そんなことを言っていられませんよね。あっ！　だったら南の島へ調査しにいけば良いんじゃないですか？　ああ、駄目か……南の島では海賊が、カザフ王国の援助を受けて活発に活動しているんですもんね」

フィンの思いつきに、ルーベンスはニヤリとした。

「お前の思いつきは良いが、まだまだだ。南の海賊が活発になっておるからこそ、この機会にやっつける必要があるのじゃ。一石二鳥を目指して、南の島へ調査しに行くぞ！」

フィンはゲーリックに敗北してから気分が落ち込んでいたが、前向きなルーベンスの言葉で立ち直った。

「そうですね！　海賊もこのままにしておけないし！　海賊討伐と禁じられた呪の調査、頑張りましょう！」

南の島の調査となると、サザンイーストン騎士団と協力しなくてはいけない。ルーベンスは、気障で曲者の騎士団長や、厄介な野心家の副団長の顔を思い浮かべて、少し気が重くなった。

「フィン、そんなに浮かれていてはいけない。グレンジャー団長やマーベリック副団長には気をつけるのじゃぞ。うっかりしていたら、サザンイーストン騎士団に入団させられるからな」

フィンも曲者っぽい団長の顔を思い浮かべて、素直に頷く。

見るからに武芸に優れている、厳しそうな他の騎士団長と比べると、グレンジャー団長はにこやかで人当たりが良いので、ついつい気楽に接してしまうのだ。

「大丈夫！　俺だって子どもじゃないですよ。あっ、それにラッセルがアクアーを孵してからは、あちらに猛アタックしているみたいですよ。サザンイーストンは団員数が多いから、ラッセルの中では下の方の候補だったらしいですけど、どうなるかなあ」

ルーベンスは、貴族の子弟が騎士団に入団して国を護ることには賛成だ。今の軟弱な風潮には我慢できないので、フィンの友人が騎士団に入ると聞いて喜ぶ。

「ううむ、ファビアンはノースフォーク騎士団、あの赤毛のパックはウェストン騎士団、優等生のラッセルがサザンイーストン騎士団か。王宮魔法使いの甥のラルフは、その跡を継ぐ予定だったな」

自分が死んだら唯一の上級魔法使いとして孤独になるフィンを心配して、それを支える友に竜の卵を渡したが、なかなか良いバランスで各地に散ったと、ルーベンスは満足そうにほくそ笑む。

「ちょっと師匠、まだラッセルは悩んでいるみたいですよ。でも、アクアーは海に夢中だし、ラッセル本人は風の魔法体系だから、確かに航海に有利なんだよね」

あの騎士団長なら、ラッセルなど簡単に口説き落とすだろうと、ルーベンスは鼻で笑う。

「なら、ロイマールにいつまでもいられませんね。馬の競りは終わったのかな？　ガルンさん達と一緒にバルト王国へ帰りますか？」

上機嫌な師匠を放っておいて、フィンは荷物を纏める。とはいえ、ほとんどの荷物はガルン達の宿に置いていたのですぐに済みそうだ。

## 二十九　姿変えの魔法

ルーベンスとフィンは身の回りの品を纏めて、世話になったシリウスに別れの挨拶をしようと、書斎を覗いた。

「いないな。店の方かもしれない。外出しているのなら、召使いにいつ頃帰るか尋ねてみよう」

得意先が来店したら、店主自ら店に立つ場合もあるので、二人はそちらに行ってみたが、シリウスは留守にしていた。

「シリウス様はどちらに行かれたのか？」

客人の問いに、召使いは簡単に答えた。

「今日は港から荷物が届くので、主人は門まで出迎えに行かれました。近頃はロイマールの出入りの警備が厳しいため、こうして出迎えた方が良いのです」

すぐに帰って来ると召使いが言うので、二人はシリウスの帰りを待って、一応の礼をしてから旅立つことにする。

「ロイマールに入る時も、俺達は馬喰達と一緒だったからそんなに調べられなかったけど、他の人は旅券や証明書を見せていたよね」

「そうじゃのう。王宮へシラス王国の魔法使いが侵入した今は、もっと厳しくなっているだろう。お前に姿変えの魔法は教えたかな？」

「そんなの教えてもらっていませんよ。師匠ったら、竪琴や太鼓や魔唄ばかり熱心に指導していたじゃないですか！」

そこで、シリウスが帰って来るまでに習得しようと、客間で泥縄の姿変えの修業が始まった。

「姿を変えても、お前の本質は変わらない。だから、むやみに大男に変身したりしても無駄だぞ。それは私にもいえることだ。若者に変身しても、歩き方や声でバレてしまう」

「じゃあ、姿変えの魔法は意味ないじゃないですか」

フィンは成長していたものの、同級生と比べ背が低いのがコンプレックスだった。姿変えの魔法を使って、どうせなら筋骨隆々の男になってみたかったので、師匠の注意に文句をつけた。

「そうでもないぞ。見てみなさい」

ルーベンスは自分に姿変えの魔法を掛けた。そこには、腰の曲がった灰色の髪の爺さんが立っていた。

「ほら、目の色を茶色にすると、バルト王国の人間に見えるじゃろ」

ゲーリックはきっと「白髪で青い目の老人と、茶髪で緑の目の少年」を探させているはずだと思い、ルーベンスは重要な部分を変えたのだ。

「わぁ、本物のお爺さんに見えますよ！　あっ、そういえば師匠は年齢からしたら十分にお爺さんなんですよね」

白髪ではあるが、しゃんと背筋が伸びているし、歩くものフィンより速いぐらいなルーベンスだが、こうして腰を少し曲げただけで、グッと老人ぽくなる。

「お前もやってみろ。金髪なら、この前サリン王国で染めたからイメージしやすいだろう。ほら、自分の身体の上に薄いベールを纏うように掛けるのだ」

ルーベンスは、一旦白髪に戻して、変身の術で灰色に変えてみせる。フィンは、師匠の髪の上に灰色のベールが被さる様子を真剣に見ていた。

「やってみます！」

フィンは、茶色の地毛の上に金のベールを纏う。

「どうですか？」

「上出来だ。あとは目の色だな。あちらも染髪ぐらいは考えているかもしれぬが、流石に目の色は人相書き通りの者を探すだろう」

ルーベンスは、目の色を青に戻して、茶色に変えて見せる。

普通の中級以下の魔法使いの弟子では、こんなやり方で変身の術など習得できないが、フィンには魔法の働きが見える。

「目は少し厄介ですね。でも、やってみます」

カザフ王国の馬喰に交じるのなら、黒髪、黒い目が良いだろうと、フィンは金髪の上に黒いベールを纏い、緑の目の上に黒の薄い膜を被せた。

「うむ！　これならヤザンの弟で通るじゃろう」

「もっと早く教えてくれたら、サリン王国でも髪を金に染めなくても良かったのに」

「馬鹿者！　姿変えの魔法が使えるのは、短時間だけじゃ。あんなに長い期間、姿変えの術をお前は維持できるのか？　寝ている時も解いてはいけないのだぞ。少しは頭を使いなさい」

フィンとしては、普段からもっと魔法の技を教えて欲しかったという思いで愚痴ったのだが、逆にお小言をもらう羽目になった。

「あれ？　何だか店が騒がしいですね。まさか、俺達の居場所がゲーリックにバレたのかな？」

小言を言っていたルーベンスも、店の方へ注意を向ける。

「いや、兵などは来ていない。どうやらシリウスが帰って来たようじゃが……何だか嫌な予感がするぞ。フィン、いざとなったらガルン達の宿に逃げるのだ」

ルーベンスが元の姿に戻ったので、フィンも術を解く。移動魔法を使うのに備えて、荷物をぎゅっと両手で持ち、シリウスが客間へ来るのを待った。

いつもは静かに入って来るシリウスが、ドアをバーンと開けて走り込んできた。

「マーベリック様、ヨハン君、良かった！　無事に王宮から帰っておられたのですね。大変なことが起こったのです。カザフ王国とシラス王国は戦争を開始しました！」

「カザフ王国と戦争！」

ルーベンスとフィンは同時に叫んだ。

「なんじゃと！　いつ始まったのじゃ！　王宮では戦争の話など聞かなかったぞ！　それにフレデリック王は、戦争どころではなかろう！」

真剣な顔で詰め寄るルーベンスに、シリウスは座って話しましょうと宥(なだ)める。

「私も詳しくは知らないのです。それに、この戦争はフレデリック王が命じたものではなさそうでして」

確かに、命を蘇りの呪で永らえているだけのフレデリック王が、戦争を仕掛けられる訳がない。ルーベンスとフィンは、少し落ち着いてシリウスの話を聞こうと、席に着いた。

「香辛料を運んで来た者達の話なので、信憑(しんぴょう)性は落ちますが、どうやら第三王子が継承権争いのスタートダッシュを図ったようです。シラス王国を併合すれば、他の王子を引き離せますからね」

「シラス王国を併合などさせるものか！」

　フィンが立ち上がって怒鳴る。

「こら！　シリウス様の話を黙って聞くのだ。できないなら、部屋から出て行きなさい」

　怒り心頭(しんとう)に発したフィンだが、出て行きたくないので、軽く頭を下げてシリウスに非礼(ひれい)を詫び、椅子に座り直した。

「第三王子は、カイル王子でしたね。確か南国の旧ペイサンヌに派遣されていたはずですが、何故この時期に？」

「旧ペイサンヌ王国は、カザフ王国に併合される前から強い海軍を持っていました。浅瀬(あさせ)が多いカザフ王国と違い、ペイサンヌの岸壁は切り立っていて、荷物の上げ下ろしは不便ですが、港には困りません。フレデリック王はそこに目をつけ、戦艦を製造させていたそうです。カイル王子はその戦艦を利用してシラス王国に攻めかかったらしく……」

　戦艦を製造させていたと聞いて、ルーベンスもフィンも無防備な自国の海岸線を目に浮かべた。

「師匠！　サザンイーストン騎士団だけでは……」

シリウスの前でうっかり自国の防衛体制のことを口にしそうになったフィンを、ルーベンスは鋭い眼光で黙らせる。

「それで、戦場がどのような様子かは聞かれませんでしたか？」

「それは……私とマーベリック様は立場が違います。こんなことを告げるのは気の毒ですが、カザフ王国の大勝利だと聞きました」

「嘘だ！」

フィンが堪らずに立ち上がる。

「それはどこまで信用できる情報ですか？」

ルーベンスも拳を固く握りしめて、シリウスに質問する。

「荷物を運んで来た者達の言葉ですから、噂話に過ぎません。それに、こういうことは自国の手柄を大きく吹聴（ふいちょう）するのが世の常ですからね」

シリウスは一度言葉を切って、沈痛（ちんつう）な面持（おもも）ちの二人を見る。そして、きっぱりと宣言した。

「マーベリック様、戦争が始まってしまっては、残念ながら出て行ってもらうしかありません。王宮の闇はそのままのようで、残念です」

いくら魔法の制御方法を教えてもらった恩義（おんぎ）があるとはいえ、戦争が始まった今、敵国人のルーベンスをいつまでも家に置いておく訳にはいかない。

今までも敵対国であったが、戦争状態ではなかった。これからはルーベンスを匿うことはできないとシリウスに言われ、二人は席を立つ。

「世話になった。王宮の闇はこのままにしておかない。いずれ、闇を払う」

「お世話になりました。シリウス様、いつか魔法学校を訪ねてください」

二人は、戦争の知らせが届いてざわめくロイマールの街を通り、押し黙ってヤザン達の宿へ急いだ。

「おい！　シラス王国と戦争だってよ！」

「カイル王子が大勝利を収めたらしいぞ！」

「いつの間に戦争が始まったんだい？」

王都の人達も開戦に驚いている。その様子に、ルーベンスはカイル王子の勇み足ではないかと疑問を持った。

「戦争になるなら、食品が値上がりするんじゃないかね？」

「じゃあ、今のうちに買っておかなきゃ！」

市場には、日用品が品薄になる前に備蓄しようと市民が溢れていた。ある意味で活気に満ちた市場を、二人は不安を抱え込んで無言で通り過ぎる。

「戦争だなんて……」

いつも以上に早足の師匠に小走りで付いて行きながら、フィンはカザフ王国の軍艦に襲われる無防備な海岸の村々が心配でいたたまれなかった。

特に安否（あんぴ）が気になるのはパックだ。

「パックの家の領地はカザフ王国との国境近くの海岸線にあるのです。一番危険な場所なんだ！」

「フィン、落ち着きなさい。ベントレー一族には魔法使いが多い。あそこは大丈夫だろう」

「海岸の領地の全てに魔法使いがいる訳じゃない。ウェストン騎士団だけでは、海からの奇襲（きしゅう）を防ぎ切れない」

「サザンイーストン騎士団がその奇襲に備えているはずじゃ」

「でも、サザンイーストン騎士団は、王都サリヴァンの護りを優先するんじゃないかな？」

「こんな時に騎士団同士、協力しなくてどうするのじゃ！」

百年もシラス王国を護ってきたルーベンスは、腹の中でマグマが渦巻（うずま）くような気持ちで、フィンとは比べ物にならないほどの不安を抱えていた。

今まで騎士団の軋轢（あつれき）に関わるのを避けていたことを、心の底から後悔する。

「一刻も早く帰国しなくては！」

グッと噛みしめた唇から、血が滲（にじ）み出た。その鉄の味に、ルーベンスは自分が守護する人々が流した血を想い、宿まで走った。

　馬専用市の近くにあるガルン達の宿に着いたルーベンスとフィンは、まだ出発していないのを確認してホッとした。

「おや、どこに行っていたんだ？」

　少し酔っ払ったヤザンに、フィンは「馬は売れたのか？」と尋ねた。

「馬は全て売れたさ。そりゃ、バルト王国の馬はとても優れているからな。今夜は酒盛りだ！」

　売れたのだから嬉しいはずなのに、どう見てもヤザンと何人かの馬喰達は自棄酒(やけざけ)を飲んでいるようだった。やはり馬との別れは辛いらしい。

「こら、あんまり飲み過ぎるなよ！　明日の朝は早く発つからな」

　ガルンも少し飲んでいるらしいが、まだ酔っ払ってはいない。

「おや、ルーベンス。帰って来たなら、とっておきのヤグー酒でも飲まないか？　儂は、どうもワインは口に合わないのだ」

　フィンは戦争状態のシラス王国が心配で、すぐにでも帰国したい気分だ。堪らずガルンに訴える。

「ガルンさん、まだ日は高いですよ。少しでも早くバルト王国に帰った方がいいんじゃないですか？」

殺気立ったフィンに、ガルンは何かあったのだと察したが、噛んで含めるように言い聞かせる。

「馬を売った後の夜は酒盛りをして、長旅に耐えた仲間を労(ねぎら)う決まりだ。それに、馬を売った金を儂達が持っていることは大勢が知っている。朝早く発って、夕方に宿に入った方が安全なのだ」

フィンは、自分の勝手な事情を押し付けようとしたことを反省した。

よく見れば、馬喰達の何人かは宿の外に遊びに出ていたが、半数は残って馬を売った金を守っていた。家族同然の馬を売った金は、冬を越すための食料品を購入する命綱(いのちづな)なのだ。

「フィン、明日の朝、彼らと一緒にロイマールを発とう。ガルン、ヤグー酒を一杯頂けるかな？」

師匠にも諭(さと)されて、フィンは頷く。

「おおい、フィンも一緒に酒盛りしようぜ！」

どうやら年長組のガルン達と、若者組のヤザン達で分かれて酒盛りをするみたいだ。若者組に誘われたフィンだが、酒は飲んだことがないし、飲む気分でもない。

「俺は酒は飲まないんだよ」

「酒が飲めないなら、食べていたらいいさ！　俺達はクジ引きに負けて留守番になったんだ。気晴らしに、何か弾いてくれ！」

「ヤザン、もう酔っているの？　ヤザンがクジに負けたからって、何で俺が演奏しなきゃいけないんだよ」

国の家族や友達が心配で、演奏なんかできる気分ではないのでフィンは断る。

「おい、フィン！　何か弾いてやりなさい」

年長組に溶け込み、ヤグー酒を飲んでいたルーベンスが口を挟んできた。渋々フィンは部屋から竪琴を持って来る。

「全く、何の師匠なんだろうねぇ」

乗り気ではなかったが、ヤザン達のリクエストを何曲か弾いてやった。

ヤザンは曲を歌いながら、飲み慣れないワインを数杯飲んで、かなり酔っ払っていた。

「なぁ、フィン！　これから一緒に馬を育てないか？」

フィンの肩に腕を回して「妹のナナはべっぴんだぞ」と口説き始める。

「俺は緊急に国に帰らなきゃいけないから……」

「馬はいいぞぉ！　あんなに可愛い奴はいない。カザフ王国の奴らは大切にしてくれるかなぁ？」

ヤザンはどうも酒癖（さけぐせ）が悪いみたいだ。妹の婿（むこ）になれと口説いたかと思うと、売った馬の行く末を嘆いて泣き出した。

「ヤザン、しっかりしてよ」

フィンが泣き上戸のヤザンを持て余していた時、クジに当たって夜遊びに出かけた男達が帰って来た。

「どうしたんだ？　まだ宵の口だろう。もう金を全部使ってしまったのか？　それとも喧嘩でもしたのか？」

出かけたのは若者が多かったので、ガルンは心配そうに声を掛けた。カザフ王国は自国民にも厳しいが、他国の人間にはより厳しいのだ。この街の住人に絡まれてもおかしくない。

「いやぁ、もう酒場が閉まったんだ。酒場を出て、どこに行こうか相談していたら、見回りの兵士に宿に帰れと命じられたのさ。何だかピリピリしていたな」

「酒場ではシラス王国との戦争が始まったとか騒いでいたけど、どうも変な感じがするなあ。普通は、戦争が始まったら、徴兵されたり、然るべき命令が王様から発せられるものだろう？　なのに、今回はロイマールの役人も軍も、誰も知らなかったみたいなんだぜ。そんなの考えられるか？　俺達の国で、ルルド王の言葉なしに戦争が起こるだなんてありえないだろ」

フィンとルーベンスは口を閉ざしたまま、帰って来た男達の話を聞いていた。

男達が酒盛りに参加したのを合図に、ルーベンスとフィンは席を立ち、自分達の部屋に戻った。

「どうやら、戒厳令が出されたようじゃの。その戒厳令を誰が出したのかはわからないがな」

宿の窓から、真っ暗なロイマールの街を眺めていたルーベンスは、何組かの隊が小競り合いをしているのに気づいた。

「どうなっているのでしょう?」

ルーベンスはソッと探索の網を広げる。

街のあちこちで小規模な戦闘が行われているが、そこへ統制の取れた動きの部隊が現れ、騒ぎを鎮圧していく。

「後継者争いを始めたのは第三王子だけではないようだな。それぞれの勢力が優位に立とうと争いを始めたようじゃ」

フィンは、眉を顰めて考え込んだ。

「カザフ王国はどうなっているのですか? この小競り合いを止めるために兵を出したのは誰なのでしょう?」

「フレデリック王でないのは確かじゃな。そして、ゲーリックでもないだろう。あやつは、行政の勉強などしていないと思うからな。恐らく、イザベラ王妃とその一族が、第一王子、第二王子、第三王子の支援者達の抑え込みを狙って兵を動かしているのだろう」

小競り合いはすぐに終わり、ロイマールは静かになった。

「ゲーリックではカザフ王国は制御できない。あやつは、フレデリック王の命を永らえても無駄だと気づかないのか？」

フィンは、戦いの途中でゲーリックに覚えた違和感を師匠に話す。

「ゲーリック自身も蘇りの呪でおかしくなっていました。魔力の増大で、今までの価値観や感情のコントロールを失っているみたいです。前から薄気味悪い奴だったけど、あんなにおぞましくはなかった」

「ううむ、禁じられた呪を掛けて、呪術師になったのかもしれないな」

「呪術師って、魔法使いとどこが違うのですか？　バルト王国で魔力を持っている人を水占い師と呼ぶのと同じだと思っていました。南の島で魔力を持っている人を呪術師と呼ぶんじゃないんですか？」

ルーベンスも呪術師に詳しくはなかったが、説明を試みる。

「お前の言う通り、南の島で、魔力で治療などを行う人は呪術師と呼ばれている。しかし、それとは違う本物の呪術師がいると、酒場で聞いたことがある。なんでも、禁じられた呪を掛けるうちに精神が汚されていき、そして呪術師になるとか……。ううむ、よく覚えていないな。酔っ払って聞いていたから……」

ルーベンスは、フィンにこれ以上おぞましい話を聞かせたくなかったので、そう言って誤魔化した。

「もう！　師匠ったら、いつもお酒を飲み過ぎなんですよ！　今度、南の島に行ったら、ちゃんと素面で調査しましょうね。その前に、帰国して、カザフ王国をやっつけなきゃいけないんだけど……さぁ、もう寝てください。明日の朝は早いとガルンさんが言っていましたよ」

いつもの口うるさいフィンに戻ったので、敗北と戦争勃発のショックをどうにか乗り越えたのだと、ルーベンスはホッとした。

「お前も早く寝なさい。ロイマールの門を出たら、ガルン達と別れてシラス王国へ帰らねばならぬのだからな」

戒厳令の夜、宵っ張りのルーベンスは、珍しく早くベッドに入った。

これから祖国を救いに行かなくてはいけないのだ。自分の体力が落ちていることをルーベンス自身も認め、少しでも温存しようとしていた。

## 三十　戒厳令下のロイマールから脱出

「師匠、起きてくださいよ」

昨夜は早くベッドに入ったルーベンスだが、宵っ張りの朝寝坊の習慣がすぐに直る訳がない。なかなか寝つけなくて、早く寝ろと言った口うるさい弟子を内心で罵ったり、帰国してからしなくてはいけないことを指折り数えたりして、結局夜更かししてしまったのだ。

「朝食はいらないから、その分寝かせてくれ」

寝汚い師匠を起こすのはフィンでも手こずる。

少しでも気分良く起きてくれるように、布団を頭から被っている師匠に二日酔い、関節炎、気管支炎の治療の技を掛けた。

「そうだ！　寝不足を解消する技を習えば便利かも？　ねぇ、師匠？　寝不足解消の技はないのですか？」

布団越しに治療してもらったルーベンスは、ガバッと起き上がった。

「寝不足解消の技などないさ。ほら、お前は食事をしておいで。最後にもう一度、私は探索をしておこう」

「ちゃんと食べないと……。宿の小母さんにサンドイッチか何か作ってもらいますよ。旅の途中で食べられるように」

ルーベンスは、うるさい弟子が食堂へ行ったので、探索の網をロイマールに注意深く広げた。

（王宮の闇は一層深くなっておるな。あそこに近づくのは危険じゃ。今は、帰国することを優先しよう。やはり、門に魔法使いを配置したか……姿変えの技を見破るだけの魔力を持っているかな？）

夜中にあれこれ考えていたルーベンスは、手配書だけではなく、魔法使いもロイマールの門に配置するのではないかと思い至った。

自国の門にも魔法使いが常駐しているのに、それに夜中まで気づかなかった自分の迂闊さに苦笑いする。

「どうやら、ゲーリックは東の門に一番優れた魔法使いを配置したようじゃ。北の門の魔法使いなら、注意深く魔力を隠せばどうにかなるだろう」

以前は魔力が溢れ出て、輝く星のように目立っていたフィンだが、今はすっかり一般人に溶け込んでいる。冬の間に魔力を制御する修業を積ませて良かったとルーベンスは安堵した。

「まだ着替えてないのですか？」

部屋に入るなり小言を言い出したフィンに、ルーベンスは探索でわかったことを伝える。

「ええっ！　門に魔法使いがいるんですか？　なら、姿変えの技を掛けていたら、バレちゃうじゃないですか！」

「落ち着かんか！　幸いゲーリックは我々が東に向かうと考えたようじゃ。東の門の魔法使いなら姿変えの技を見破るかもしれないが、北の門の魔法使いは大丈夫だろう。だが、注意深く技を掛けて、魔力をセーブしておくのだ。ほら、やってみろ！」

すぐに慌てるのは困りものだと嘆くルーベンスを尻目（しりめ）に、フィンは上手く姿変えの技を掛けた。

「おお、上出来じゃ。これなら、誰が見てもバルト王国の馬喰の少年だ」

「褒めてくれるのは嬉しいですが、師匠、早く着替えてください。寝巻も荷物に入れなきゃいけないんですからね」

折角褒めてやったのに、とルーベンスは少し腹を立てながら素早く着替え、緑色の縞のターバンを巻いた。そして、宿にあった杖を持つと腰を曲げ、灰色の髪と茶色の目の老人へ姿を変えた。

「やはり、師匠は上手いなぁ！」

百数十歳のルーベンスは、本当に老人なのだが、いつもは矍鑠（かくしゃく）としていて若々しい。だが、目の前のルーベンスは、どう見てもバルト王国の老人だ。

「褒めてくれてありがとうよ。では、荷物を持って出発じゃ」

優れた吟遊詩人でもあるルーベンスは、声色（こわいろ）も変えて老人そのものになりきる。フィンは再び感心した。

「凄いなぁ！」

「馬鹿者！　いつも言っておるではないか。落ち着いて、よく観察すれば良いだけだと。お前は、もっと心を静めなければならない」

姿を変えても、師匠は師匠だとフィンは肩を竦めた。

「遅かったな！　帰りは急ぐぞ！　売る馬はいないんだからな」

外に出るとヤザンに叱られて、フィンは慌てて準備する。

「ごめん！　すぐに荷物を乗せるよ」

すると、馬の鞍に荷物を括り付けていたフィンのターバンがズレ落ちた。

「あれ？　お前……髪の毛と目が！　なんじゃこりゃ！」

「ヤザン、シーッ！　師匠と俺はロイマールのお尋ね者になったかもしれないんだ。だから、髪の毛を染めて、目には薄い色ガラスを入れているんだよ。内緒にしてて」

「一昨日と昨日いなかった時、何かしでかしたんだな？　ほら、キチンとターバンを巻け。違う、こうすればほどけたりしないんだ」

ヤザンもルーベンスが普通の吟遊詩人でないのは感じていた。ザナーン宰相の頼みで、同行させているのも父親から聞いていた。

しかし、フィンは普通の少年にしか思えず、危険な目に遭ったのかと心配になる。ターバンをキチンと巻き直してやりながら、そっと提案する。

「なぁ、バルト王国へ一緒に行かないか？」

「ヤザン……俺はシラス王国へ帰らなきゃいけないんだ。戦争中の祖国を見捨てるなんてできないよ」

ヤザンもバルト王国に他国が侵入したりしたら、命がけで戦うつもりだ。だから、フィンが祖国に帰ると言い出したのを、それ以上止めることはしなかった。

「無茶をするなよ。また、バルト王国を訪ねて来いよ。妹のナナは本当に優しい美人なんだ」

フィンは、淡い初恋のユンナを思い出し、会ったこともないナナも可愛いんだろうなと微笑んだ。

「ほら、出発するぞ。今夜はベインツで泊まる予定だから、のろのろする奴は放って行くぞ」

ガルンの号令で、馬喰達は一斉に馬に飛び乗った。フィンも、ヤザンに訓練された成果で、素早く飛び乗れた。

「何だ？　こんな朝早くから門に行列ができているぞ。昨夜の戒厳令といい、どうも変なことばかりだな」

なるべく早く帰国したいガルンは、長い列に苛ついたが、カザフ王国の役人や兵士を怒らせるほど馬鹿ではない。とろとろ進む列の中で、フィンは平静さを保とうと努力していた。

「どうやら、お前は変装して正解だったようだぞ」

バルト王国の草原育ちのヤザンは視力が良い。門の役人達が持っている手配書を見て、納得して笑った。

「笑い事じゃないよ。俺、さっきから心臓がバクバクしているんだ」

「小心者だなぁ。こんな時は酒を飲むのがいいのさ。ほら、ヤグー酒。飲めよ！」

皮袋に入ったヤグー酒を差し出されたが、そんなものを飲んだら姿変えの技が解けてしまう。

「いいよ。それより、静かにしておいてね。役人や兵士の注意を引きたくないんだ」

「馬鹿だなぁ、真っ青な顔で黙り込んでいたら、怪しんでくださいと言っているようなものだろう。列に並んでいる他の人達だって不満を言ったり、お喋りして時間を潰しているじゃないか」

フィンはそう言われて、辺りを見回した。

「何を調べているのか知らないけど、早くしておくれよ」

「用事があるんだ。先に通してくれないか？」

列に並んでいる人達が、あれこれ役人に文句を言っている様(さま)を見ているうちに、フィンも落ち着いてきた。

「次！　ああ、バルト王国の馬喰達か」

門の兵士は顔見知りのガルン達を通そうとしたが、役人が横から口を挟んだ。

「全員のターバンを取らせろ！」

兵士は、馬喰達にターバンを取るように命じた。

「お前達、ターバンを取ったら、一人ずつこの前を通るのだ」

ぶつぶつ文句を言いながらも、ガルンに「逆らうな！」と怒鳴られた馬喰達はターバンをほどくと、一人ずつ痩せた男の前を通った。

フィンは、その痩せた男が魔法使いなのだと察したが、なるべく見ないようにする。

「ほら、フィン、先に行けよ」

ヤザンはフィンが捕まったら助けるつもりで、先に行かせた。それはルーベンスもガルンも同じ考えだったようで、フィンが男の前を無事に通過するのを待って、次々と馬喰達が後に続いた。

「ふう……」

無事にロイマールから出た馬喰達は、馬を走らせた。

「良かったな！」

横についたヤザンが、バンと乱暴にフィンの背中を叩いて喜んだ。

「痛いよぉ！」

フィンも大袈裟に騒いで笑った。

王都ロイマールから一路（いちろ）バルト王国へ急ぐガルン達が、昼食の休憩を取った時、ルーベンスは今が別れ時だと決心した。

「ガルン、私達はバルト王国へ行かない。昨夜聞いただろうが、シラス王国とカザフ王国は戦争になった。すぐに帰国しなくてはいけない」

「そうか……仕方ないな。その馬は餞別（せんべつ）にくれてやる。なるべく大切に扱ってくれ」

ガルンは、ルーベンスがシラス王国の密偵だと知っていたので、ここで別れて祖国に帰りたいと言い出しても驚かなかった。

「ありがとう。恩に着るよ」

ルーベンスは、何も聞かずに自分達を守ってくれたガルンに、心から礼を述べた。

「この格好では目立つから、借りていた服を返すよ」

フィンとルーベンスは、バルト王国の服を脱いで返した。そこら辺に捨てて不審に思われてもいけないし、部族ごとに違うターバンは大切にされていたからだ。

「フィン、用心しろよ！　無茶をするなよ」

「ヤザン、またバルト王国へ行くよ！」

北のバルト王国へ向かう馬喰達を見送って、フィン達は南への道を急いだ。

「師匠、東への道を選ばないのですか？　そちらの方がシラス王国に近いのに」

「東にはきっと兵や魔法使いが待ち構えているだろう。遠回りになるが、ロイマールの西を南下して海を目指そう。そして、馬をなるべく高く売ったら、ウィニーを呼び寄せるのだ。できるか？」

「ウィニーとどのくらい離れているかが問題ですね。海岸を東に進みながら、ウィニーを呼び続けますよ」

一刻も早くシラス王国に帰国したいのは、フィンもルーベンスも同じだ。気は焦るが、カザフ王国に捕まったら、大変なことになるのもわかっている。

（パック、ラッセル、ラルフ、ファビアン、無事でいて！）

馬を走らせながら、何回も何回もフィンは祈った。友達だけでなく、アシュレイ魔法学校の生徒、卒業生、そして騎士団の人達の無事を願った。

「やっとロイマールから離れられたようだな。なんと増殖(ぞうしょく)に増殖を重ねた街なのだ」

王都の西を遠回りしたルーベンス達は、半日損をしたと腹立ちを込めて、平野にスカートを広げて座り込んだ老婦人のような形のロイマールを眺めた。

「もう少し進むぞ。なるべく夜は、馬を休ませたいからな」

フィンも小高い丘からロイマールを眺め、親の仇のゲーリックをこのままにしておかないと拳をぎゅっと握りしめる。

「師匠、早く帰国しましょう！」

「わかっている！」

道が見えなくなるまで、二人は馬を南へ走らせた。

「フィン、そろそろ馬を休ませてやらないと」

「でも、周りには宿なんかありませんよ」

「野宿しかあるまい。馬に水を飲ませてやりたいが、川はどこかなあ？　あちらだな！」

ルーベンスは素早く川を探し出した。

フィンは、馬から鞍を外して水をたっぷりと飲ませると、ブラシを掛けてやる。

「ほら、今日は頑張ってくれたな。明日も頼むぞ」

ルーベンスは、身体の節々（ふしぶし）が強行軍に悲鳴を上げていたので、川岸に座り込み、ガルンから餞別にもらったヤグー酒を一口飲んだ。

「お前も何か食べて休憩しなさい。夜が明け次第、出発するぞ」

宿屋の小母さんに作ってもらったサンドイッチをぱくついていたフィンは、ルーベンスが疲れているのに気づいて、関節炎の治療の技を素早く掛けた。

「師匠、大丈夫ですか？」

「お前の治療の技は上級じゃのう。もう痛みは取れたから、休みなさい」

フィンも強行軍で疲れていたので、草のベッドに寝転がった途端、眠りに落ちた。

「寝付きの良い奴じゃのう。だが、眠れるうちに寝るのは良いことだ。帰国したら睡眠どころではないかもしれない」

ルーベンスは、今宵も眠れそうにない、とヤグー酒を一口飲んだ。

朝日が昇る前から、薄闇の中をフィンとルーベンスは南へ急いだ。

守護魔法使いとして百年もシラス王国と絆を感じていたルーベンスは、国の悲鳴が耳元に響き、一睡もできなかったのだ。

フィンは、短い間の熟睡で体力を復活させていたが、高齢の師匠の健康が気になった。

「師匠、寝ていないのですか？」

「うるさい！　一秒でも早くシラス王国に帰らなくてはならないのだ！」

フィンが自分を心配してくれているのは、ルーベンスもわかっている。しかし、今は何をおいても急がなくてはいけないのだ。

三日目の夕方、馬達がもう一歩も動けなくなった。

「ガルンには悪いことをしたな。こんな状態では、高く売ってやることもできない」

「ごめんな、無茶をさせ過ぎたね。でも、元気を出して！」

フィンが治療の技を馬に掛けるのを、ルーベンスは苦笑しながら見ていた。

「そのくらいにしておけ。お前も疲れているだろうに」

「師匠と違って若いから平気ですよ。ほら、これなら高く売れそうですね」

海岸が近くなっているのは、風で感じていた。

二人は、通り掛かった街で、頑張ってくれた馬二頭を思いっきり高く売った。

「ここから海岸までは歩きじゃな」

相変わらずルーベンスは歩くのが速い。フィンは、荷物を背負って師匠の後ろを追いかけた。

「海岸に出たら、ウィニーを呼んでみます！」

ここはカザフ王国の中でも、かなり東に位置しているはずだ。どれほどの距離があるかはわからないが、祖国に近づいているのは確かである。

フィンは師匠を追い抜いて海岸まで走った。

「早く帰国しなきゃいけないんだ！」

走りながら、フィンは何度も繰り返した祈りを、もう一度口にした。

「皆、無事でいて！」

## 三十一　ウィニー！　ウィニー！　ウィニー！

「おい、そんなに走ったら転ぶぞ！」

ルーベンスは走り出したフィンを心配したが、今回は転ばなかった。

遠浅の海岸は、夕日で赤く染まっていた。いつもなら、夏の終わりの夕暮れを楽しむところだが、今はそんな余裕はない。

荷物を砂の上に置くと、フィンは深呼吸を何回も繰り返して、精神を統一させた。

『ウィニー！　ウィニー！　ウィニー！』

フィンが何度もウィニーを呼ぶのを、ルーベンスは黙って見ていた。

「もう少し東に進んでみよう」

夕日が沈み、薄闇が広がる東に向かって、二人は黙って歩いた。

「もう一度、試してみます。師匠は先に行ってください」

荷物を砂の上に置こうとフィンが屈んだ時、シャツからウィニーの孵角のペンダントが零れ落ちた。

「そうだ！　このウィニーの孵角なら、呼び寄せられるかも。だって、必死に孵ろうとこの角で殻を叩いていたんだもの。ウィニーが今生きているのは、この孵角のお陰だからな」

先に行ってくれと言われて、素直に従うルーベンスではない。フィンが孵角のペンダントを両手で固く握りしめて、必死に『ウィニー！』と呼ぶのを見守っていた。

「先に行っておけなんて、こんな海岸で立ち尽くしている若者が不審がられるとは思わないのか？　こやつは、もう少し考える習慣を身につけなくてはいけないな。じゃが、孵角のペンダントを使うのは、良い案かもしれぬ」

ルーベンスは、フィンの集中を邪魔しないように、見回りの男や、夏の夜の海岸で恋を語ろうとした恋人達の心を、魔法でソッと操り、遠ざける。

「まだウィニーには届かぬようじゃな。そろそろ、フィンをやめさせるか。こんなに精神を集中し続けていたら、ぶっ倒れてしまうぞ」

真っ青な顔の弟子を心配したルーベンスが、肩を叩いてやめさせようとした時、フィンがぱっと微笑んだ。

『フィン！　行くよ！』

聞き慣れたウィニーの声が、二人の頭に響きわたった。

こんなに遠くからウィニーを呼べたのかと、ルーベンスは驚きを通り越して呆れた。

「おい、二人乗りの鞍を付けて来るように伝えてくれ」

緊張が解けたフィンは、くたくたと砂の上に崩れ落ち、師匠のもっともな要求を伝えるどころではなかった。

「よく頑張ったな！　ほら、水とパンを食べなさい」

これほど長い時間、集中したのは初めてだったので、手の震えが止まらない。フィンは、パンと水の入ったワインボトルを弱々しい動きで受け取った。

「鞍は伝えられませんでした。でも、きっと誰か……ウィニーの側に誰かいれば……」

水を飲み干して、パンを齧りながら、ファビアンやパックがいたら良いのになぁ、とフィンは力なく笑った。

「少し休憩しろ。いくらウィニーでも、ここまで半日はかかるだろう。明け方に着けば御の字だ」

ルーベンスは、フィンと自分に姿消しの魔法を掛けて、砂の上に座って待つことにする。

「カザフ王国はどの程度の攻撃をしたのでしょう。国を挙げて戦争を仕掛けた訳じゃなさそうですが……」

「今は考えても無駄じゃ。それより、体力を回復させておく方が大事だぞ」

ウィニーを待つ時間が、フィンにはいつもの十倍にも感じられる。何度か立ち上がったり、座ったりを繰り返したが、ルーベンスに勧められるままに横になると、いつの間にか眠ってしまった。

「私も眠るべきなのはわかっておるが……」

目を閉じると、シラス王国の海岸の村々が焼き払われる様子が瞼(まぶた)の裏に浮かび上がる。暗い海の波音を聞きながら、ルーベンスはじっと朝が来るのを待っていた。

うっすらと夜が明けてきた頃、フィンが飛び起きた。

『フィン！　どこなの？』

『ウィニー！　ここだよ！』

明け方にやっとうとうとしたルーベンスは、自分が姿消しの魔法を掛けたままなのを思い出して、サッと解いた。

『フィン！』

遠くの空に浮かぶ小さな点がどんどん大きくなり、竜の形になる。

「おい、ウィニーに姿を消すように伝えろ。ここはカザフ王国なんだぞ」

自分の呼び掛けに応えて、夜の間飛び続けてくれたウィニーに目が潤(うる)んでいたフィンは、慌てて師匠の言葉を伝える。

『ウィニー、姿を消して！　カザフ王国には竜なんかいないからね。来てくれてありがとう！』

ずっと会いたかった竜の姿が消えて、フィンは少し寂しく感じた。

「ところで、ウィニーは鞍を付けて来たんだろうか？」

「さぁ、知りませんよ。でも、もうすぐわかるでしょう」

フィンの側の砂が舞い上がった。

『フィン！』

フィンは声がした方へ駆け寄り、ウィニーの首に抱きついた。

『ありがとう！　さぁ、シラス王国へ帰ろう！』

一瞬だけ姿を現したウィニーは、二人乗りの鞍を付けていた。

そこに、フィンとルーベンスは急いで跨（また）がると、戦場になっているシラス王国へ飛び立つのだった。

アシュレイが護ったシラス王国の平和が脅（おびや）かされている。

上級魔法使いの唯一の弟子として、フィンは辛い現実に向き合わねばならない。

ルーベンスはフィンの若い肩にかかる重圧を思い、「まだ早過ぎる」と声に出さずに呟いた。

# あとがき

この度は、文庫版『魔法学校の落ちこぼれ5』をお手にとってくださり、ありがとうございます。著者の梨香です。第五巻は、アシュレイが後世に託した竜の卵が無事に全て孵ったところから始まります。フィンは忙しく雛竜達のお世話をしたり、フローレンスとお互い気にし合ってギクシャクしたりしつつも、魔法学校の生活を仲間達とエンジョイしています。

そんな青春真っ只中のフィンのもとへ、カザフ王国のミランダ姫から一通の手紙が届きました。なんでも、カザフ王国の陰謀で幽閉されてしまった婚約者のサリン王国のチャールズ王子を助け出して欲しいというのです。

期末テストも終わり、ようやくホッと一息ついていたフィンは、こうしてルーベンスと共にサリン王国へ潜入調査に向かうことになるのでした。以前は身勝手な理由で駆け落ちの相手にされたり、今度はチャールズ王子の救出を要請されたりと、相変わらずフィンはミランダ姫に振り回される羽目になります。ただ、サリン王国をカザフ王国の属国にするわけにはいかないので、ミランダ姫への協力も止むを得ないといったところでしょうか。

潜入調査の結果、それなりの成果を実らせたフィン達は、サリン王国のクーデター騒ぎに乗じてウィニーでなんとか脱出に成功。ところが、高齢な上に不摂生が祟ったのか、ルーベンスが体調を崩して倒れてしまうという展開に。師匠の体をひどく心配するフィンをよそに、ルーベンスは自らの肉体の衰えに驚きながらも、苛立ちを隠せません。

　この時、カザフ王国の動向が気になる二人は、不器用ながらもお互いを思いやる気持ちが強いが故に激しく衝突してしまいます。なにしろカザフ王国には、フィンの父親の仇であるゲーリックがいるのです。ルーベンスはルーベンスで、魔法使いとしても、一人の人間としても、まだまだ未熟なフィンを危険な目に遭わせたくないのでしょう。

　すったもんだの末、フィンの強い思いと行動力に押し切られる形で、ルーベンスは彼とカザフ王国の首都へ再び向かうことになります。しかし、そこでは病床に伏せったカザフ王を生き永らえさせようと、ゲーリックの手によって蘇りの呪が掛けられており、首都は深い闇に堕ちていたのでした。

　そうして悪の元凶であるゲーリックを打倒するため、王宮に潜入したフィンでしたが、平静さを失って無謀な勝負を挑んだために、あえなく惨敗。師匠に助けられ命からがら脱出します。果たして二人はゲーリックに勝てるのでしょうか。シラス王国の運命の行方は？

　次回、風雲急を告げる最終巻を是非、お楽しみいただけますと幸いです。

二〇二〇年九月　梨香

アルファライト文庫

この作品に対する皆様のご意見・ご感想をお待ちしております。

おハガキ・お手紙は以下の宛先にお送りください。

【宛先】

〒150-6008 東京都渋谷区恵比寿4-20-3 恵比寿ｶﾞｰﾃﾞﾝﾌﾟﾚｲｽﾀﾜｰ 8F
（株）アルファポリス　書籍感想係

メールフォームでのご意見・ご感想は右のＱＲコードから、
あるいは以下のワードで検索をかけてください。

アルファポリス　書籍の感想　検索

ご感想はこちらから

本書は、2018年4月当社より単行本として
刊行されたものを文庫化したものです。

# 魔法学校の落ちこぼれ 5

## 梨香（りか）

2020年10月30日初版発行

文庫編集－中野大樹／篠木歩
編集長－太田鉄平
発行者－梶本雄介
発行所－株式会社アルファポリス
〒150-6008東京都渋谷区恵比寿4-20-3恵比寿ガーデンプレイスタワー8F
TEL 03-6277-1601（営業）03-6277-1602（編集）
URL https://www.alphapolis.co.jp/
発売元－株式会社星雲社（共同出版社・流通責任出版社）
〒112-0005東京都文京区水道1-3-30
TEL 03-3868-3275
装丁・本文イラスト－たく
文庫デザイン—AFTERGLOW
（レーベルフォーマットデザイン－ansyyqdesign）
印刷－株式会社暁印刷

価格はカバーに表示されてあります。

落丁乱丁の場合はアルファポリスまでご連絡ください。

送料は小社負担でお取り替えします。


ISBN978-4-434-27985-0 C0193